Lesueur

Lettre en réponse a juillai

Am 10

# LETTRE

EN RÉPONSE

## A GUILLARD,

Sur *l'Opéra* de la Mort d'Adam, *dont le* tour *de mise*
*arrive pour la troisième fois au Théâtre des Arts ;*

*Et* sur PLUSIEURS POINTS D'UTILITÉ RELATIFS
AUX ARTS ET AUX LETTRES;

## Par LESUEUR,

De plusieurs Sociétés savantes, Membre et l'un des Inspecteurs de
l'enseignement du Conservatoire de Musique (ci-devant Maître de
Chapelle de l'ancienne Métropole de Paris) :

## POUR ÊTRE DISTRIBUÉE AUX AUTORITÉS.

## PARIS,

BAUDOUIN, Imprimeur de l'Institut national des sciences et
des arts, rue de Grenelle-S.-Germain, n°. 1131.

BRUMAIRE AN X.

# AVERTISSEMENT.

Les vrais appréciateurs des beaux arts, ceux de la musique DRAMATIQUE ( découverte et perfectionnée en France ) ; les admirateurs de sa renommée acquise depuis plus de quarante ans par les Rameau, les Gluck, les Philidor, les Grétry ; par les Piccini, les Monsigny, les Sacchini, et autres grands maîtres vivans ( renommée avouée aujourd'hui par les étrangers eux-mêmes et leurs écrivains ) ; ces vrais appréciateurs, disons-nous, ont eu souvent à gémir des efforts que les ennemis de toute gloire, chez les Français, ont faits pour déprécier leurs beaux arts, et particulièrement celui de la musique DRAMATIQUE.

Depuis plusieurs années, ces mêmes ennemis emploient avec adresse la voix publique pour entourer, étourdir même les autorités, des dépré-

a

ciations suivantes , en répandant avec profusion ;

1º. Qu'il n'y a plus de compositeurs capables de
renouveler ou continuer le répertoire du théâtre
des Arts ;

2º. Que, quand bien même il en existeroit, il
n'y a plus, au Grand-Opéra (disent-ils), ni les
talens scéniques, ni les comédiens lyriques capables d'exécuter les ouvrages qu'ils feroient, avec
la perfection dont l'ont été les chefs-d'œuvre de
Gluck et de Piccini, dans leur nouveauté ;

3º. Qu'il faudroit trouver à remplacer sur-le-
champ les acteurs lyriques et les compositeurs
français.

Avec de pareilles assertions, je conçois qu'on
pourroit facilement amener les autorités à supprimer le théâtre des Arts, le théâtre de la vraie
musique DRAMATIQUE, pour y laisser substituer,
dit-on, (eh! pourroit-on le croire?....) un opéra
sérieux étranger qui s'appuieroit de nos ballets.
Une fois cette habitude prise par les Parisiens,
et les chefs-d'œuvre de nos grands musiciens-dra-
matiques oubliés, que deviendroit alors la néces-

sité de perfectionner une école de musique DRA-
MATIQUE en France, dont un des principaux buts
eût été de fournir, vis-à-vis de l'étranger, ses
preuves glorieuses au théâtre des Arts ? Que deviendroit alors le besoin de former, parmi les
Français, des élèves-chanteurs, des élèves-acteurs-
lyriques, des élèves-compositeurs, pour soutenir
la gloire de cette école, si le grand théâtre lyrique n'existoit plus, ou du moins s'il n'avoit besoin
que de poëmes en langues étrangères, et par conséquent que de poëtes, de compositeurs et de
chanteurs étrangers ?

Comment a-t-on déja pu préparer et amener
plusieurs gens de goût, plusieurs personnes éclairées, à presque se rendre à ces idées, à prêter
l'oreille à de si dangereuses maximes ?

Ces ennemis de la gloire des arts en France,
en répandant depuis long-temps, avec dessein,
qu'il ne falloit plus de grands ouvrages à l'opéra,
sous le faux prétexte qu'ils n'étoient plus dans le
goût de la génération actuelle, et qu'il falloit
conséquemment bannir la tragédie lyrique ; ces
ennemis, disons-nous, amateurs de l'opéra *de
genre*, ont déprimé les *grands-opéras*, sans s'apercevoir qu'en faisant brûler la maison de leur voisin

*a ij*

ils mettoient la leur dans le plus grand péril, et dans le cas d'être renversée et rebâtie pour l'opéra sérieux des étrangers.

Il seroit certes d'un grand avantage pour le bon goût du chant, pour la pureté du style, pour la richesse de *mélodie*, pour la naïveté d'expression autant que pour la sagesse de *facture* musicale, de faire venir ce genre d'opéra à Paris, mais à côté, et non sur les débris du Grand-Opéra français, qu'il faut rendre à sa première gloire dont Paris s'enorgueillissoit tant autrefois, et que l'étranger lui-même venoit admirer. Qui répondroit même qu'on ne pût le faire arriver au-delà de cette ancienne splendeur, pour peu que l'amour-propre français voulût que la bonne musique, que la musique DRAMATIQUE se naturalisât chez lui, comme les autres arts, les sciences et les lettres, s'y sont naturalisés.

Alors l'opéra sérieux des Italiens seroit, à la vérité, très-utile pour nous inspirer la grace du chant, mais l'Opéra français ne seroit point en reste avec lui ; il lui inspireroit à son tour l'art de la musique DRAMATIQUE ; car quelle nation de l'Europe aujourd'hui pourroit nous offrir de

grands *opéras* dont la musique fût plus théâtrale ,
plus profondément scénique que celle de Gluck ,
de Philidor , de Piccini , de Grétry et de
Sacchini , composée en France d'après le goût
DRAMATIQUE et la manière de sentir des Français (1) ?

Répondons maintenant aux objections rappor-
tées ci-dessus.

*Nous n'avons plus* , dit-on, *de compositeurs
capables de renouveler* ou *de continuer le répertoire du théâtre des Arts.* Pour donner du
poids à cette assertion , pourquoi s'appuie-t-on
seulement du *petit nombre* de bons ouvrages qui

_____

(1) Ne faire que de la musique prétendue dramatique en négli-
geant la mélodie , certes , ce ne seroit point assez. Ne faire
que de la musique prétendue italienne qui négligeroit l'*entente*
du théâtre ; ce ne seroit point atteindre davantage le *but.*
Mais fondre le raisonnement réfléchi , le raisonnement dramatique de notre scène lyrique , avec les moyens naïfs et
séducteurs , avec les moyens mélodieux et tout-puissans de
la scène italienne , sans y oublier tout ce qui peut exister de
*grand* dans les maîtres allemands..... Voilà , à mon sens ,
la perfection à laquelle on doit tendre ; voilà celle qu'attei-
gnoient Gluk , Sacchini et Piccini.... Suivons la route qu'ils nous
ont ouverte , elle est immense..... et l'on formera en France
la plus riche de toutes les *écoles.*

ont paru au Grand-Opéra , depuis dix à douze
ans ? N'est-ce pas aussi avoir trop présumé de
nos forces , que de n'avoir envoyé dans l'arène
que deux ou trois compositeurs , sur les sept à
huit qu'on pouvoit y appeler ? Est-il raisonnable
de vouloir mettre en comparaison le Grand-Opéra
français ( soutenu seulement de ces deux ou trois
bons compositeurs ) avec l'Opéra sérieux italien ,
soutenu de Cimarosa , de Paësiello , de Sarti ,
de Vicenzo Martini , de Gulielmi , de Zingarelli
et de trois ou quatre autres maîtres célèbres qui
font ensemble un faisceau redoutable ?

Avant donc de vouloir condamner sans appel
le Grand-Opéra de Paris , sans l'avoir entendu
dans les ouvrages qu'il eût pu offrir depuis dix
à douze ans , et qu'il peut produire encore ,
avez-vous montré de votre côté tous vos Cimarosa,
tous vos Paësiello , vos Sarti , vos Gulielmi, etc. ?
— Non , car depuis dix à douze ans que Grétry,
Chérubini , Méhul , Gossec , Martini , Leberton ,
Langlé et d'autres encore eussent pu produire
chacun quatre ou cinq ouvrages au théâtre des
Arts , tous ont été laissés dans l'inaction ; aucun
n'a été appelé par le théâtre des Arts à travailler.
Méhul seul est parvenu , après bien des peines
et des contradictions , à y faire entendre deux
opéras ; Grétry lui-même n'en a donné guère plus

depuis cette époque. Est-il juste alors de s'en être seulement reposé sur deux ou trois bons compositeurs, pour soutenir seuls au théâtre des Arts tout le poids de la gloire immense que lui avoient acquise Gluck, Sacchini, Piccini, Grétry, Rameau et Philidor ? La partie ouverte entre le Grand-Opéra français et le Grand-Opéra italien n'est pas juste. Procurez donc au moins le contre-poids. Mettez aux mains, si vous voulez, le Grand-Opéra italien avec le Grand-Opéra français ; mais n'ôtez pas à l'un une partie de ses hercules en les doublant pour l'autre.

Passons à la seconde objection. *Quand bien même il existeroit*, dit-on, *de quoi former un faisceau de ce qui nous reste de grands musiciens pour relever, ou du moins soutenir le Grand-Opéra, il n'y a plus*, ajoute-t-on, *ni les talens scéniques, ni les comédiens lyriques capables d'exécuter les ouvrages de ces musiciens.*

Fausse assertion ! ( chants, ornemens et broderies de comédie - lyrique à part : ) qu'on me trouve dans toute l'Italie un assemblage d'acteurs ou comédiens - lyriques qui nous représentent, peignent et expriment une action-tragique animée, échauffée, organisée par les sublimes musiques dont Gluck, Grétry et Sacchini ont enrichi notre Grand-Opéra, et cela avec plus de talens scéniques et plus *d'entente* théâtrale qu'Adrien, Laïs, Cheron, Lainez, Maillard, et que bien d'autres du théâtre des Arts ; en y joignant l'aplomb majestueux et imposant, ainsi que l'ensemble solennel des chœurs, de l'orchestre et de la danse *mimique* et héroïque du théâtre des Arts, . . . alors je passerai condamnation.

Convenons donc de bonne foi que si le Grand-Opéra laisse quelquefois à desirer ( comme on le crie bien haut depuis long-temps ) pour la douceur, la clarté, la limpidité de *mélodie*, en un mot pour la simplicité d'expression qui ne doit jamais sortir des *véritables moyens-musicaux,* *le Grand-Opéra italien* laisse peut-être bien plus à desirer encore pour toutes les sortes de *talens-scéniques* et *mimiques* que le *Grand - Opéra français* posséde. Le théâtre des Arts peut acquérir bien plus vîte ce qui lui manque du Grand-Opéra italien, que celui-ci ne peut acquérir ce qui lui manque du premier.

Ils ont donc été bien imprudens ceux qui, pour faire TENIR le Grand-Opéra de Paris, et pour se rendre maîtres, dit-on, des *déplacemens* et *remplacemens* à y faire, ont cru qu'il falloit d'abord s'étudier à entourer et étourdir les autorités de

leurs fausses assertions ;...... ils ont donc été
bien imprudens ceux qui se sont attachés à déprécier sans distinction les talens-scéniques qui
pourtant y existent encore : ils ont donc été bien
imprudens ceux qui, comptant sur la facilité des
*remplacemens*, ont osé promettre prématurément
des fruits trop précoces, et qui ne sont point
encore arrivés à la maturité où certes on peut
les faire parvenir. Il ne suffit pas d'étourdir les
autorités, en déprimant auprès d'eux le Grand-
Opéra, pour en venir à cette fin ; il faudroit au
moins, a-t-on raison de dire, il faudroit avoir
dans les mains des sujets-tout prêts et capables
d'opérer cette régénération.

- Si on n'a pas eu jusqu'ici, si on n'a pas et si
on ne peut avoir d'ici à quelque temps un assez
grand nombre de sujets capables d'aider les *acteurs*
qui aujourd'hui soutiennent encore l'Opéra, à
quoi bon fatiguer, tourmenter sitôt le Gouvernement de la fausse idée qu'il n'y a plus aucun
talent au théâtre des Arts, idée qui ne peut avoir,
assure-t-on, qu'un but d'intérêt personnel de la
part de ceux pour qui la régénération est plutôt
un prétexte pour y introduire leurs créatures, que
pour faire arriver l'art à sa plus grande perfection ? seul but cependant qu'on devroit avoir.

Le Gouvernement, impatienté du bruit de ces continuelles assertions, et ne voyant point arriver assez vîte les sujets qu'on prépare et qu'on lui fait avec raison espérer , finiroit peut-être par accueillir ces dépréciations des sujets du théâtre des Arts , et par regarder *le Grand - Opéra* comme incapable de nous honorer désormais vis-à-vis de l'étranger : et , si on l'amenoit à cette persuasion, pourquoi alors ne deviendroit-il pas indifférent ou à sa stabilité ou à sa suppression ? et pourquoi les amateurs du *nouveau,* venant à la traverse, ne viendroient-ils pas à bout de déterminer l'AUTORITÉ à laisser supprimer *le théâtre des Arts* pour lui substituer *le Grand-Opéra étranger* , tandis que , dans plusieurs capitales de l'Europe, on joue aujourd'hui le Grand-Opéra français , quoique dénué de la perfection que L'ENSEMBLE MAGIQUE lui donne encore à Paris.

Une fois supprimé...... il ne se releveroit jamais....... L'émulation des acteurs lyriques et celle des compositeurs de génie qui pourroient parvenir à honorer leur art , seroient éteintes. L'art musical qui, chez les Français est enfin ( après de nombreux efforts ) arrivé à l'époque d'arracher à l'étranger le tardif aveu , que l'École française pourroit rivaliser les Écoles allemandes et italiennes, retomberoit pour des siècles dans une nuit totale en France ; et les étrangers, profitant de sa chute, attireroient nos artistes, et se feroient une gloire de relever chez eux l'édifice que nous aurions abattu.

L'Opéra de Paris, qui a toujours attiré et qui peut parvenir encore, plus qu'on ne le pense peut-être, à attirer la curiosité et l'or de l'étranger, se verroit enseveli, et regretté des gens de goût, des hommes sages qui chérissent jusqu'à la moindre portion de gloire de leur pays. Ils s'écrieroient, en entendant ce qu'on lui auroit substitué : « Ils » se sont hâtés de détruire, ayant des talens » capables *d'édifier* et de *créer*.... de *créer*, en » se tenant dans les sentiers glorieux ouverts par » Gluck et Sacchini que nous n'entendons plus!... » O légèreté française ! ..... »

Passons à la troisième et dernière objection. *Il faudroit*, dit-on, *trouver à remplacer sur-le-champ et les acteurs lyriques du Grand-Opéra, et les compositeurs français.*

Remplacer sur-le-champ nos acteurs lyriques!... Ne nous pressons point d'accélérer la chute du théâtre des Arts, en déprimant si vîte des acteurs qu'on sera encore très-heureux de posséder jusqu'à ce qu'on vienne à bout de les BIEN faire seconder..... On peut l'espérer..... Les bons élèves-chanteurs, les bons élèves-symphonistes, les bons élèves de déclamation lyrique, qui, au Conservatoire, sont dans les mains des maîtres les plus habiles, peuvent grandement donner cette espérance; et c'est alors que cet intéressant établissement pourra donner des preuves brillantes de son extrême utilité pour concourir à la gloire des arts en France; mais il faut encore accorder quelque temps à ses travaux; il faut former des chanteurs à la fois acteurs-lyriques, qui aient étudié, non l'acoustique d'un boudoir, mais bien celui du TEMPLE propre à y faire entendre les résultats de l'expression douce ou forte de la tragédie lyrique; il faut former des acteurs qui sachent deviner ou prévoir ce que produira (à vingt pas d'eux, soit perpendiculairement, soit horizontalement), l'effet plus ou moins en *saillie* de leur pantomime, ou l'effet de leur organe plus ou moins ouvert, et de leur prononciation plus ou moins articulée. J'en sais à l'Opéra, qui (pour les talens-scéniques), doivent long-temps encore leur servir de modèles... Maillard, Adrien, Laïs, Chéron, Lainez, ne vous découragez point!.... ce n'est pas moi seul qui

vous juge ; les plus célèbres acteurs du théâtre
français de la République ( et certes ceux-là s'y
connoissent), vous portent une estime distinguée :
j'en ai personnellement la garantie, et cette même
estime vous assure celle du Gouvernement et de
la Nation (1).

Il se peut que les vérités que j'exprime sans
détour comme sans crainte, me suscitent des ennemis capables de faire reculer encore mes ouvrages, ou du moins de leur attirer des désagré-
mens : alors, s'ils n'attaquent que mon personnel
ou mes frèles talens, je les laisserai faire à loisir ;...
mais s'ils attaquent ouvertement l'ART, s'ils ne
parviennent à faire reculer encore la mise de la

(1) Ont-ils tort ou raison ceux qui soutiennent que *Laïs*
est un des plus grands modèles pour les jeunes chanteurs-
dramatiques qui se destinent au Grand-Opéra, lorsque *Garat*
lui-même rend justice à ce *chantre du sentiment?*.... Il n'y
a pas plus de doute sur les autres talens scéniques et musicaux
qui existent encore au théâtre des Arts, tant sur la *scène*
que dans l'orchestre le premier de l'Europe. Puissent les
élèves du Conservatoire, puisse ce brillant espoir de l'école
française acquérir un jour la réputation que ceux-ci se sont
acquise ! L'enseignement y est des mieux suivis, l'administration des plus actives.... Les premiers maîtres en musique
et en déclamation y donnent chaque jour les preuves du plus
grand zèle.... Espérons.

*Mort d'Adam* de Guillard qu'avec le faux prétexte que le genre de la *tragédie-lyrique, mêlée
au me rveilleux*, est passé de mode, et que ce
genre fera tomber le théâtre des Arts;.... je
reste sur *la brèche*, et je les attends....... il
ne s'agira plus alors ni d'*Adam* ni d'*Ossian* que
je sacrifierai, j'en donne ma parole d'honneur!..
et il faudra pourtant en venir (pour le soutien
du théâtre des Arts), à faire représenter les grands
ouvrages, à faire ouvrir les porte-feuilles de nos
grands maîtres, tels que les Grétry, les Chérubini,
les Martini, les Gossec et autres..... Puissent-ils
être pleins !..... je fermerai le mien,.... et j'attendrai pour le rouvrir , et reparler d'*Adam* et
d'*Ossian*, que les leurs soient épuisés.

Jusqu'à ce que je sache s'ils ont des tragédies
lyriques faites et prêtes à offrir, qu'il me soit au
moins pardonné d'avoir examiné, dans la lettre
qui va suivre, si le tour et les droits de Guillard
étoient réels, et s'il nous restoit en France assez
de bons compositeurs, assez de bons acteurs-lyriques, assez de moyens réels de former d'excellens
élèves pour prévenir la chute du théâtre des Arts,
qui entraîneroit bientôt après elle celle du Conservatoire, et étoufferoit ce brillant espoir de la
nation , ces élèves-chanteurs, ces élèves-sympho-

nistes, ces élèves-compositeurs, dont les travaux prêts à être couronnés, n'ayant plus de grand but à atteindre, se trouveroient arrêtés au milieu de leur course.

Cette double chute, tant desirée par les amateurs du *nouveau*, plongeroit dans un véritable deuil les gens de goût, les gens éclairés, jaloux de la gloire des arts en France, dont LE GRAND-OPÉRA FRANÇAIS fut toujours le plus bel ornement (1).

---

(1) Hommes de goût ! artistes français ! du courage! toutes les subtilités des INTRIGUES IGNORANTES, quelque hardies, quelque TRANCHANTES qu'elles osent se montrer, S'É-MOUSSERONT. . . . . Que peuvent leurs efforts appuyés spécieusement sur une PRÉTENDUE ÉCONOMIE ? Que peut le FAUX JOUR de ces obscures assertions auprès d'un Gouvernement aussi puissant qu'il est riche et éclairé, auprès d'un Gouvernement qui aime autant et plus que vous encore la splendeur des beaux arts en France ? Il sait que la *musique dramatique*, que le GRAND-OPÉRA si utile à nos jouissances ; il sait que le CONSERVATOIRE si nécessaire à la propagation de l'art, si bien organisé, et à la fois administré avec tant de soin dans son intérieur ; il sait, dis-je, que ces deux établissemens ( nécessaires l'un par l'autre ) forment en France et formeront un des plus brillans fleurons de la couronne des beaux arts.

Le peu qu'il dépensera pour ces beaux arts, pour les sciences et les lettres, lui sera rendu ( et bien au - delà du centuple ) par le nombreux concours d'étrangers ( admira-

teurs de l'universalité des connoissances humaines ), qui ne
trouveront plus qu'à Paris de quoi pleinement satisfaire leur
curiosité, soit en visitant nos Bibliothèques et nos Musées,
soit en visitant nos chefs-d'œuvre en tout genre, tant en
peinture, sculpture, architecture, qu'en littérature et hautes
sciences ; enfin ( pour parler aussi de l'art intéressant de la
musique DRAMATIQUE adaptée à notre langue tant aimée
dans toute l'Europe ), ce n'est qu'à Paris qu'ils verront véritablement un théâtre RÉUNISSANT TOUS LES BEAUX ARTS,
un SPECTACLE MAGIQUE par ses effets, LE GRAND-OPÉRA.
Eh ! seroit-ce chez LES FRANÇAIS qu'on désespéreroit
de la continuation d'un aussi brillant établissement ! CHEZ
LES FRANÇAIS qui possèdent chez eux toutes les ressources
de l'art DRAMATIQUE, ressources dont une forte partie est
encore cachée, et qu'on s'est toujours efforcé d'empêcher de
découvrir. Ennemis de l'art, vous ne triompherez point ! . . . .
Nos ressources percent déja malgré vous ! . . . CELUI au seul
aspect duquel s'est enfuie la longue nuit de l'ignorance ;
celui-là, croyez-m'en, ne la laissera point reparoître. . . . . .
Dépréciateurs des arts ! obscurs *Pythons* ! sifflez, mais sifflez
tout bas ! . . . Le Gouvernement français vous observe ; son
chef a l'œil sur vous, il tient les flèches d'Apollon.

Prenez-y garde, et cessez, croyez-moi, de chercher à
détourner le sens d'un simple AVIS du Gouvernement, qui ne
tend qu'au MIEUX et au BIEN DE L'ART. Certes, cet *avis*
dont il faut profiter, n'est point une *dépréciation* comme vous
voudriez le faire entendre, et dont vous cherchez malignement
à profiter pour satisfaire vos vues destructives, pour satisfaire votre amour du *nouveau*, dont même vous ne vous rendez
pas compte. Un sage AVIS donné par lui aux membres d'un
intéressant établissement des arts et qui excite l'émulation ,

qui excite à y éviter tout ce qui tendroit au mauvais goût,
au goût suranné, pour ne diriger tous les efforts que vers la
perfection, prouve sans réplique qu'il attache du prix à ce
même établissement, et qu'il desire le voir arriver à la *splendeur réelle* dont il seroit susceptible.

Si vos adroites *subtilités* sont parvenues depuis si long-temps
à empêcher l'art de reprendre en France sa véritable direction ; certes, ce n'est pas la faute de l'homme que son seul
mérite, que ses seules lumières ont appelé à remplir la place
importante de ministre de l'intérieur, où chaque jour il justifie
l'heureux choix qn'on a fait de lui; choix, dans sa partie,
aussi heureux que celui de ses collègues dans la leur.

Il est faux que jamais le ministre de l'intérieur, cet ami
le plus fidèle des sciences et des arts, ait jamais rien relâché
de l'intérêt qu'il porte au Grand-Opéra, ait jamais négligé
le progrès des arts en France; lui qui, sans cesse, les protège
de la manière la plus ostensible, les provoque même par des
travaux qui lui sont personnels. Ces magnifiques *inventions*
dans les *hautes sciences* sont-elles, dites-moi, sont-elles pour
la destruction des arts. Faussaires ! *Coureurs* perpétuels !
*obstrueurs* des bureaux ! ( qu'on me passe le terme ), fabri-
cateurs d'obscures intrigues ! osez-vous bien vous donner la
morgue de FAIRE CROIRE qu'il ne fait rien sans vous, et que
vos plates intrigues, présentées sous couleur d'avis, sont pour
lui des oracles, ainsi que pour ses chefs de *divisions* et de
*bureaux*, dont le bon choix, aujourd'hui plus que jamais, dont
les lumières reconnues assurent que vous MENTEZ ? d'ailleurs, vous avez bien l'insolent orgueil de vous prévaloir
D'ORDRES de mise d'opéras ( prétendus émanés de lui ), pour
satisfaire vos intérêts et vos prétentions; ORDRES qui n'ont
jamais existé, et que néanmoins vous publiez d'après les

*b*

plans réglés dans vos *coteries*. Oseriez-vous bien encore soutenir plus long-temps que c'est l'AUTORITÉ, que c'est le
Gouvernement, que c'est le ministre lui-même, qui provo-
quent la destruction du théâtre des Arts? . . . Dans toutes
vos fourberies, dans tout ce que vous croyez propre à étayer
vos projets, et que vous employez sans pudeur dans le public pour vous y donner de la force ; comment osez-vous
vous appuyer faussement de ce ministre que tout ce qu'il y
a en France de gens instruits ont appelé à sa place, et dont
le cœur protège autant les sciences, les lettres et les arts,
que lui-même règne dans celui des savans, des gens de
lettres et des artistes ? Pourriez-vous exhiber aussi hautement
ces prétendus ordres ministériels que vous les dites fièrement
avoir obtenus pour des *tours* que vous supposez, ou passés,
ou actuels, ou très-prochains ? *tours* qui ne viendront cependant qu'après OSSIAN et ADAM, dont les mises ont été
fixées par des ordres RÉELLEMENT ministériels, émanés
tant du ministre *Lucien Bonaparte* que du *ministre actuel*,
et dont les représentations, on le sait, sont desirées depuis
long-temps par l'autorité supérieure ? Les *écarteurs* ( qu'on
me permette le terme ), les *écarteurs*, dis-je, de ces deux
derniers ouvrages osent-ils bien s'appuyer d'un ministre qui
s'est fait rendre plusieurs fois, depuis un an, le compte le
plus sévère sur les ouvrages à mettre au Grand-Opéra dans
cette même année ; d'un ministre qui, à diverses reprises,
a donné les ordres les plus précis pour la mise de *la Mort
d'Adam*, ainsi que pour celle d'*Ossian* dont il a recommandé
de commencer les décorations dès l'été dernier, pour qu'elles
se trouvassent prêtes dans les commencemens de l'hiver ? Ils
ont encore trouvé le moyen de rendre illusoires ces ordres
réels, en entraînant adroitement, et comme presqu'à son

insu, l'administration du théâtre des Arts , elle qui cependant n'a que d'excellentes vues et ne desire rien tant que la splendeur de ce Théâtre. . . . .

C'est ainsi qu'en agissant dans l'ombre , qu'en s'emparant d'abord ADROITEMENT de toutes les issues , même de celles qui sont les plus détournées , qu'en saisissant ensuite effrontément jusqu'aux plus médiocres ressorts ; c'est ainsi , disons-nous , qu'on a trouvé le moyen d'agir à l'insu du ministre , de se dérober à son œil VIGILANT , et d'employer , contre ses ordres mêmes, une FORCE D'INERTIE d'autant plus grande, qu'elle a été plus cachée...... et lorsque le ministre de l'intérieur doit croire aujourd'hui que les décorations D'OSSIAN sont achevées..... elles ne sont pas même commencées. *Adam* , qui étoit au moment d'être en répétition , il y a près de deux mois , et dont la partition ( complétement prête , sans avoir besoin de révision ) , est maintenant au *théâtre des Arts* depuis plus d'un mois ; *Adam* , dis-je ( parce qu'*il faut* , on ne sait pourquoi , *copier tels ou tels autres ouvrages* , qui cependant n'ont *tour* qu'après lui , et n'ont besoin d'avoir leurs copies prêtes et achevées qu'après les siennes , de droit , plus urgentes ) , *Adam* se recule , à mesure , sous le vingtième ou le trentième prétexte, aussi foible et aussi déraisonnable , aussi faux et aussi injustes que tous ceux qu'on met *obscurément* en avant depuis quatre ou cinq années.

*Vous vous ferez des adversaires terribles en osant émettre ces vérités* , me disent quelques personnes qui ne connoissent point ma lettre actuellement sous PRESSE. *On parviendra* , disent-elles, *on parviendra ( en détournant le sens même de votre lettre ) , à vous prêter des intentions que vous n'aurez pas eues.......* on ira jusqu'à vous faire *perdre la faveur du Gouvernement et celle du ministre des*

*b ij*

*arts. On ira*, ajoutent-elles, *jusqu'à empêcher plus que jamais la mise de vos nouveaux ouvrages ; et si vos secrets adversaires concouroient maintenant à les faire donner*, *ce seroit pour les mieux anéantir à leurs premières représentations*, *et pour créer ( par une* CHUTE PRÉPARÉE *)*, *des preuves*, *selon eux*, *qui attesteroient ( au moins en apparence )*, *que pourtant ils auroient eu quelque raison de faire circuler précédemment autour des autorités*, *que l'opéra* D'OSSIAN *ou des* BARDES, *et celui de* LA MORT D'ADAM, *n'étoient que de mauvais ouvrages. Ils iront*, *d'après ces* CHUTES APPARENTES, *jusqu'à vous empêcher d'approcher désormais d'aucune scène lyrique ; ils iront jusqu'à vous attirer la haine de vos contemporains...... jusqu'à vous faire perdre votre place..... jusqu'à......* que m'importe, si on ne me dépouille point de ma plus vive jouissance, de celle de voir les arts, les lettres et les sciences (sous l'influence d'un Gouvernement ÉTABLI qui s'en déclare ouvertement le protecteur ), reprendre en France la direction qu'on leur desire et qu'ils réclament? Qu'importe enfin si, en me dévouant pour tous, je suis le seul sacrifié ; si ces vérités reconnues parviennent à faire appeler au théâtre des Arts le faisceau de compositeurs que nous possédons, et qui peuvent soutenir la gloire du GRAND-OPÉRA FRANÇAIS? Je jouirai de leurs succès; je jouirai de celui de l'art en France.

Hommes craintifs, hommes pusillanimes! ( qui cependant méritez doublement mon estime et mon attachement par le vif intérêt que vous portez à ce qui me touche ); hommes intéres-ressans, mais trop sensibles! auriez-vous osé prétendre me faire trembler par un tableau, peut-être effrayant pour d'autres, mais qui ne l'est point à mes yeux ; auriez-vous, dis-je, prétendu étouffer ma voix par tant de chimères?..... Ce n'est pas, croyez-m'en, ce n'est pas à l'homme qui jouit par LE SACRIFICE MÊME de TOUTE AMBITION PERSONNELLE, qu'on pourroit venir à bout de faire éprouver le plus RÉEL des chagrins, tant qu'il ne s'agiroit que de lui! que l'art, objet de sa passion dominante, triomphe chez les Français, et ce sera, soyez-en sûrs, sa plus chère jouissance. Quelle perte, dites-le-moi; quelle perte après cela pourroit être encore quelque chose pour lui?.....

*Eh bien! l'INTRIGUE, toute réelle qu'elle soit* (m'a-t-on de plus ajouté), *ira jusqu'à oser affirmer que vous vous serez créé des monstres pour avoir le plaisir de les combattre.* — L'intrigue!..... l'intrigue elle-même imprimera le cachet de la vérité à ce que j'émettrai pour la déjouer; elle portera, écrites sur son front, la réalité de ses OEUVRES, l'exactitude des FAITS;..... elle les prouvera sans réplique, par sa mauvaise humeur de voir s'arracher son voile et tomber son masque, de voir ses moyens affoiblis devant des vérités qui désormais lui répondront en plein jour.

*Déjouez ces intrigues, à la bonne heure,* me disoit-on encore il n'y a qu'un instant, *mais que ce soit par un mémoire seulement MANUSCRIT, ou par vos connoissances auprès des autorités; attendez plus tard : ce n'est pas le moment; telles et telles personnes qui sont encore à la campagne pourront être employées avec ceux que vous connoissez, et serviront d'autant plus à faire valoir vos raisons en faveur de l'art musical et des talens dramatiques qui nous restent.*
— Point de moyens COUVERTS pour déjouer les effets nuisibles des intrigues CACHÉES..... point de nuages devant la vérite; c'est en pleine lumière qu'elle doit se montrer.

Puissé-je n'avoir point connu, n'avoir point vu les effets sans-cesse renaissans de ces intrigues accumulées..... Bas in-

trigans, ne vous effrayez point!.... jè connois LES MILLIERS
de fausses démarches, mais je ne veux point encore qu'on
m'en découvre tous les auteurs..... je dévoilerai les OEUVRES,
je mettrai à portée qu'on soit en garde contre les maux qu'elles
pourroient continuer à répandre SUR LES ARTS ; mais je laisserai
à leurs auteurs ou à leurs instigateurs les moyens de sentir
vivement ( et à temps pour eux ), tous les dangers auxquels
leurs sourdes menées les exposoient eux-mêmes : je leur láisserai
le temps de RETIRER LE PIED et d'échapper à un péril dont
je sais bien ( sans qu'ils me l'avouent ), dont je sais bien
qu'ils ne se rappelleront pas sans battement de cœur.....
Puissent-ils, en ce cas, venir POUR EUX-MÊMES à résipis-
cence !...... Ils sont, dis-je; ils sont encore à temps; il n'y
auroit que les maux qu'ils continueroient de verser sur les
ARTS, qui pussent m'ordonner impérativement de *mettre les noms
au bas du tableau* dont jusque-là je n'expliquerai que l'ACTION,
sans m'informer plus amplement du nom des PERSONNAGES.

En attendant, cessez, croyez-moi ; cessez vos efforts contre
l'ART : vous pourrez vous en dédommager à loisir, vous dédommager de ne plus attaquer sans contrariété le *Grand-
Opéra*, nos compositeurs et acteurs dramatiques, le Conservatoire et la musique théâtrale chez les Français : n'avez-vous
pas la ressource de vous en venger sur le foible écrit d'un
*musicien* qui s'avise, sans en avoir le talent, de discourir
sur *son art?*..... Il y aura matière...... ÉCRIRE N'EST POINT
SON MÉTIER...... COMPOSER DE LA MUSIQUE LE MOINS MAL
QU'IL PEUT, A LA BONNE HEURE ! MAIS EN PARLER, DE
QUOI S'AVISE-T-IL ? — Aussi, pour mettre dans leur véritable
jour les VÉRITÉS que j'ai cherché à émettre dans l'*introduction* et la *lettre* suivante, que n'ai-je eu la plume de nos
écrivains !..... Il m'eût fallu, je le sais, celle de *certains*

*littérateurs*..... Suffit..... vous m'entendez..... Combien de fois, je vous l'avoue, ne l'ai-je pas desirée en travaillant à ce frêle ouvrage !..... mais ( puisque j'ai été forcé, par des circonstances impérieuses, de m'en être tenu à la mienne pour tenter forcément un métier, un art qui n'est pas le mien ), quel beau jeu n'aurez-vous pas pour MÊME PAROÎTRE JUSTES, tout en étant inexorables, tout en mettant en pièces *le style* pour en déprécier le but ?..... quel beau jeu n'aurez-vous pas pour me refuser jusqu'au *pardon des formes en faveur de la matière* ? quel beau jeu encore pour n'admettre aucune excuse, pas même celle que je pourrois appuyer sur le peu de temps que vous avez laissé à celui qui devoit se *presser* d'écrire à la hâte, se *presser* de prévenir les effets de vos sourdes et dangereuses menées contre la gloire de l'ART, contre celle de la MUSIQUE DRAMATIQUE en France, contre celle de nos artistes les plus accrédités, contre les vrais moyens à prendre pour leur préparer de dignes successeurs ?.........

Mais prenez-y garde, contentez-vous de faire tomber vos accusations sur *mon ignorance du GRAND ART D'ÉCRIRE*, sur mon ignorance d'*un métier qui n'est pas le mien* ; car il seroit pourtant dans les possibles que LE BUT *du frêle écrivain sur son art* éveillât l'attention de nos littérateurs. Certes, beaucoup plus habiles que moi, et plus accoutumés à tenir une plume que le défaut d'habitude peut fort bien ne pas me faire tenir sans me décontenancer quelquefois ; ces littérateurs, dis-je, pourroient cependant *écouter* LA CAUSE que je leur expose..... s'ils la trouvoient bonne par hasard..... s'ils s'en chargeoient..... s'ils me prenoient *le papier*, et qu'ils me dissent : « Laissez-nous faire ; ce n'est pas *votre métier* d'é- » crire sur une CAUSE qui a bien trait à *votre art*, mais » qui vous force de faire des excursions hors de votre sphère:

» laissez-nous écrire sur cette ample matière : » —Ennemis de l'art, que deviendriez-vous alors ? que croyez-vous que vous y gagneriez ?..... Il y a cent à parier contre un que, sous leur plume habile et exercée (plus exercée sur-tout que celle du *musicien*), le triomphe des arts s'assureroit, que celui de la MUSIQUE DRAMATIQUE en France prendroit plus que jamais de la stabilité ; que le GRAND-OPÉRA resteroit debout ; que la grande utilité du Conservatoire seroit enfin reconnue PAR TOUS sans contestation ; que le faisceau de nos huit à neuf excellens compositeurs-dramatiques seroit appelé enfin pour soutenir la gloire du GRAND-OPÉRA-FRANÇAIS ; que l'éducation du Conservatoire (toute excellente qu'elle est pour la musique en particulier, et pour la déclamation), seroit complétée par les maîtres de *littérature* que je réclame dans la lettre suivante où j'en expose les raisons, pour préparer des élèves dignes de devenir les *émules* et les successeurs des compositeurs et acteurs ou actrices qui ont honoré et honorent notre *scène-lyrique*.

Laquelle de votre cause ou de celle de l'art seroit perdue ou gagnée ? Mais ne préjugeons rien ; avant de savoir si les gens de lettres ne m'abandonneront point à mon seul zèle, au zèle d'un *musicien* qui prend la cause d'un art où, pour l'ordinaire, on écrit peu ou point, où conséquemment il est aussi facile que fréquent d'être attaqué sans trouver de défenseurs ;..... si les écrivains m'abandonnent à mes seuls efforts, alors permis à vous de vous flatter d'avance de l'espoir du triomphe..... et je me renfermerai dans mon UT, RE, MI, FA, SOL.

INTRODUCTION.

# INTRODUCTION.

J'AI dernièrement reçu de *Maintenon* une lettre du citoyen Guillard, qui m'annonce de fortes inquiétudes sur la mise prochaine de son ouvrage de *la Mort d'Adam* au théâtre des Arts, et des craintes très-grandes de le voir encore reculer. Je n'ignore pas les bruits que l'on répand avec profusion sur LE SUJET de *Klopstorc*, au moment même d'en commencer *les répétitions.*

Comme ces préventions défavorables, jetées avec art dans le public, paroissent concerner un poëte de talent dont les preuves sont faites ; comme on ne livre d'avance des attaques à son poëme que pour mieux atteindre la musique, que les *faiseurs de démarches* trouvent le moyen de faire écarter depuis cinq ou six ans, aussi bien qu'*Ossian* ou les *Bardes*, destiné au même théâtre, et dont *Guillard* ne doit point être la victime ; comme tout ceci tient, non à lui, mais à une rivalité d'*écoles* (rivalité dont les compositeurs ne se mêlent point, mais dont se mêlent les partisans exclusifs ou de ceux-ci ou de ceux-là) ; comme

A

tout ceci, disons-nous, tient à une rivalité d'*écoles*
qui ne doit point exister ( car nous devons faire
nos efforts pour n'en former qu'UNE de plusieurs,
et diriger tous nos travaux vers sa plus grande
gloire en France ) : j'ai cru, dans ma réponse faite
à la hâte et d'abondance de cœur, devoir entrer
avec lui dans les détails de ces divers points ; j'ai
cru devoir d'abord le tranquilliser par l'apologie
même du sujet qu'il a, comme on sait, emprunté
de la magnifique tragédie de *Klopstorc*, et sur
lequel on le décourage au point de le presque
déterminer à retirer son ouvrage, sous prétexte
d'ailleurs que la *musique n'en est point conve-*
*nable*, et qu'elle l'exposera à la chute la plus
déshonorante. J'ai cru devoir prévenir en lui
cette détermination de laisser son ouvrage dans
l'oubli ; j'ai cru devoir lui découvrir alors les
*causes* de cette espèce d'acharnement porté ( par
contre-coup) jusque sur lui, quand on ne veut
étouffer que la musique de son poëme, et lui
montrer les moyens cependant de vaincre cet
acharnement, en ne se laissant point décourager.

En entrant dans l'exposé de ces *causes*, qu'on
peut détruire par leur propre développement,
j'avois pour but de lui prouver combien la pente
naturelle et la véritable direction des arts con-
courroient tôt ou tard à diminuer l'effet de ces

mêmes *causes*, qui n'ont acquis une apparence
de force que par cette trop malheureuse habitude
de laisser certains *faiseurs de démarches* profiter
de l'espèce d'abandon, ou plutôt du silence dans
lequel ont été réduits de véritables hommes de let-
res ou artistes; que par cette trop malheureuse
habitude, disons-nous, de leur laisser arracher,
au moyen de *basses souplesses*, les avantages
refusés à *la dignité* des talens.

Aussi m'a-t-il fallu, pour l'en convaincre, entrer dans l'examen de plusieurs *points* d'utilité
relatifs aux arts et aux lettres, qui, par la nécessité même des choses, devront donner enfin
aux hommes qui les cultivent les moyens de se
trouver à leur place. Ils sont passés ces temps
malheureux où l'honnête homme, où les vrais
talens frémissoient au seul aspect d'audacieux
ignorans, de certains hommes à tous rôles, auxquels on avoit la coupable foiblesse de laisser
prendre le pouvoir d'établir de fausses réputations
sur les débris des *véritables* qui sont encore plus
dans tous les cœurs que dans l'imagination.

J'étois bien éloigné d'avoir fait cette réponse
pour être publiée. En en communiquant la copie
à quelques amis, hommes de lettres ou artistes,
et à quelques autres personnes dans le Gouvernement, qui ont la bonté de prendre quelqu'intérêt

à ce qui me regarde, et qui avoient appris que j'avois fait une réponse à l'auteur de la *Mort d'Adam*, relativement aux craintes qu'on lui inspiroit sur cet *opéra*, ils se sont persuadés que je la devois au public, qui attend l'ouvrage de *Guillard* : ils se sont persuadés que le silence pourroit encore m'être permis si l'on continuoit de n'attaquer que moi; mais qu'il y auroit plus que de la pusillanimité de ma part de souffrir patiemment que *Guillard* pût devenir la victime d'adversaires que moi seul lui attire, d'adversaires qui tenteroient de même d'arrêter la mise de l'opéra d'*Ossian*, si elle arrivoit la première, puisque ce sont les mêmes ( m'observèrent-ils ), qui ont déja essayé d'éloigner les *Bardes*, et qui ne dirigent aujourd'hui, selon eux, leurs traits contre *Guillard*, que par rapport à la musique de son poëme d'*Adam*.

Ces mêmes amis se sont persuadés que *ma réponse* à la lettre de *Guillard* pourroit devenir utile dans ses trois premières parties, non seulement pour donner au public, qu'on cherche à égarer sur LE SUJET de *la Mort d'Adam*, une idée juste de l'ouvrage de *Guillard*, mais encore pour prévenir le découragement qu'on pourroit peut-être parvenir à inspirer aux artistes à talens qui doivent le jouer et l'exécutér. Ils ont cru apercevoir dans les

trois dernières parties de cette réponse un autre
point d'utilité générale, celui de désigner nos
grands artistes qu'il faut charger de composer la
tragédie-lyrique pour le théâtre des Arts, celui en
un mot de signaler les moyens à prendre pour
former des élèves capables de leur succéder un
jour (1).

---

(1) Est-ce bien l'intérêt de l'art, me dira-t-on, ou est-ce
votre seul et propre intérêt qui, vous fait prendre, dans la
lettre suivante, le parti des compositeurs qu'il faut faire travailler en France, ainsi que des jeunes gens de grande espérance, dont il faut BIEN DIRIGER l'émulation pour les faire
succéder aux premiers? Faut-il attribuer ceci ( ajoutera-t-on ,
comme on l'a déja fait dans d'autres circonstances ), faut-il
attribuer ceci aux contrariétés longuement éprouvées par vous
depuis vingt ans dans les places de *maître de chapelle*, à celles
que vous avez eues depuis dix ans pour vous faire jour au
théâtre, et, depuis six ans, pour faire monter vos nouveaux
ouvrages? ou faut-il l'attribuer au véritable desir de voir
l'art reprendre en France sa véritable direction, de voir les
nouveaux ouvrages de nos grands compositeurs briller aux yeux
de l'étranger qui viendra juger à quel point nous en sommes?
Faut-il l'attribuer enfin au desir de voir nos jeunes étudians
prendre le véritable chemin pour marcher dignement sur les
traces de ceux qui les précèdent? . . . . . . N'êtes-vous pas
( ainsi que de mauvais plaisans l'ont déja dit dans d'autres
temps), *n'êtes-vous pas orfèvre, monsieur Josse?* Eh! que
m'importe que vous le croyiez, pourvu que le bien en ré-

J'eus beau leur représenter que peut-être on me
demanderoit de quel droit je me serois permis,
dans ces trois dernières parties, de discourir sur
des *points* où l'on pourroit me prêter l'air de
déterminer dans les arts des opinions que l'opinion
générale a seule le droit de fixer, ils m'observèrent
qu'on se chargeroit de répondre pour moi.... et
que d'ailleurs *ce droit me seroit tout acquis par*
*celui même appartenant à tout le monde, jus-*
*qu'au moindre élève, par celui de n'émettre que*
*toutes choses conformes à cette opinion générale.*
Ils me persuadèrent, par la force même de leurs
argumens.... ou plutôt ils me firent espérer

---

sulte; . . . . . pourvu que le théâtre des Arts charge tous
nos grands maîtres, tous nos maîtres éprouvés, de lui composer la musique de ses poëmes choisis. Qu'importe que
*monsieur Josse* ( puisque *Josse* y a ) ; qu'importe, dis-je,
que *monsieur l'orfèvre* vous parle ou ne vous parle pas pour
lui, s'il vous indique et vous prouve, peut-être, que c'est chez
tels ou tels autres de ses confrères ou de ses rivaux qu'on
trouvera l'OR PUR ET SANS ALLIAGE qu'à peine les apprentis
savent distinguer du faux et apprécier à sa valeur ; et que
c'est cependant ce SEUL OR FIN que Paris doit faire briller
avec orgueil aux yeux de l'étranger, pour montrer à quel
point véritable l'*art* est en France, et prévenir la continuation
des faux jugemens qu'on en a si souvent portés dans des temps
antérieurs où les vrais orfèvres se trouvoient à l'écart ?

que, bien loin que je prêtasse par là le flanc à
ce qu'on y pût trouver de nouveaux prétextes de
me nuire au moment même de faire représenter
mes nouveaux opéras, les gens de goût et de
bonne foi n'y verroient autre chose, si ce n'est
que je m'y serai rendu l'interprète du vœu général des grands artistes ( sans en excepter les gens
de lettres ) ; ils m'observèrent même que si, parmi
ces grands artistes, il s'en trouvoit un seul qui
( par quelques craintes particulières ou certains
ménagemens qu'il croiroit devoir garder), feignît
de ne point être de mon avis, il seroit alors en
contradiction avec son propre cœur. A ces raisons
je me suis rendu ; je me suis rendu à celles des
personnes les plus importantes du théâtre des Arts,
à celles d'autres artistes extrêmement distingués,
qui desirent le plus la gloire du Conservatoire et
de son *école*, enfin à celles des personnes dont
l'autorité.... est sans réplique.

La chaleur naturelle avec laquelle (dans cette
réponse) je discute sur ces divers *points* d'utilité
relatifs aux arts, et celle avec laquelle j'y parle
d'un poëme qui m'est si présent, peuvent m'être
pardonnables. Je n'avois écrit cette lettre que pour
un ami que je voulois rassurer, que pour un ami
avec lequel je n'en étois point au premier entre-
tien sur ces importans objets ; je m'épanchois tout

simplement dans son amitié, dont je fais le plus
grand cas. Le travail accumulé que je suis obligé
de préparer pour les répétitions promises, et que
je suis forcé de prolonger sur mon sommeil, m'ôte
absolument le temps de la refondre pour la rendre
digne d'un public éclairé. Je ne puis y rien retrancher : de nouvelles liaisons à refaire me pren-
droient plusieurs matinées que je me trouve obligé
d'employer à la musique d'*Adam*.

D'ailleurs, on m'a en quelque sorte forcé de
laisser subsister plusieurs dispositions.... qu'absolument je voulois retrancher. Quoi! ( m'a-t-on
vivement représenté; ) *vous auriez la pusillanimité d'altérer des paragraphes inspirés par la
VÉRITÉ.... pour y mettre en la place;* quoi ? *de
la dissimulation, des ménagemens qui multiplie-
roient le découragement et les dégoûts parmi les
artistes dont les talens sont entièrement reconnus:
tandis que, dans ces mêmes paragraphes* (a-t-on
ajouté), *il s'agit du plus puissant intérêt des
arts, de leur plus grande splendeur vis-à-vis de
l'étranger, et de l'utilité particulière à chacun
des hommes à talens dont la réputation ne peut
être mise en problème ?* — Comment n'eus-je pas
alors cédé aux avis de personnes au poids desquelles d'ailleurs je ne devois pas même me per-
mettre de résister, et auxquelles je me fais un

devoir de renouveler ici toute ma gratitude et la
déférence que je leur dois ?

J'eus desiré néanmoins avoir le temps nécessaire
pour revoir cette lettre, sinon quant aux choses,
du moins quant au style, qui, à mes yeux, n'est
point assez châtié pour être offert au public
aussi promptement qu'on m'y oblige. Au surplus
je trouverai mon excuse auprès de lui dans le
desir que je partage avec ces mêmes personnes,
de ne point lui voir prendre de fausses impres-
sions sur le poëme que *Guillard* m'a confié et
dont on semble vouloir le punir : je la trouverai
dans mon souhait que les propos inconsidérés
et qu'on s'attache à répandre avec profusion, ne
parviennent point à le priver d'un ouvrage de
plus de l'auteur d'Iphigénie en Tauride, et d'OE-
dipe à Colonne ; je la trouverai, en un mot, dans
mon vœu, tant partagé avec d'autres, que plusieurs compositeurs qui honorent notre école
actuelle, puissent parvenir à la faire arriver où
elle peut prétendre, en donnant à l'art sa véritable direction. Car l'époque est enfin arrivée où
de *jeunes aspirans*, où de *jeunes prétendans aux*
*talens de l'art dramatique*, soit en poésie, soit
en musique, dans lesquels ils n'auront précédemment donné aucune preuve, aucune garantie;
l'époque est arrivée, disons-nous, où ils devront

néanmoins donner *ces garanties*, ou sur des théâtres secondaires, ou ailleurs, avant d'oser porter leur ambition jusqu'à essayer de surprendre
*des protections* pour enlever sur les premiers
théâtres mêmes , les *tours* acquis par des maîtres
éprouvés.

Il faut pourtant que ces *jeunes étudians* qui en
sont encore ( comme nous le dirons ) au *calcul*
*matériel des échelles harmoniques*, s'accoutument
enfin à renoncer à la vaine prétention de croire
que ces *froids calculs* apportent avec eux les inspi-
rations du génie, comme un excès de complaisance
motivée par des ménagemens hors de saison, a
pu ou POURROIT ENCORE le leur faire croire ; il
faut pourtant, disons - nous , que ces *jeunes*
*postulans* s'accoutument, ou de gré ou de force,
à voir passer avant eux ceux qui leur ont ouvert
la route (1).....

C'est d'après les raisons développées ci-dessus
que, convaincu par mes amis et les personnes dont
j'ai parlé , je laisse aller à l'impression *ma ré-*
*ponse à Guillard*. On sentira que , d'après la
manière franche dont je parle du talent du poëte

---

(1) ( Pour ne parler que des maîtres vivans ) qui leur a mieux
indiqué cette route que les Gretry , les Cherubini , les Gossec ,
que les Martini , les Mehul , les Leberton , etc.

qui nous a donné OEdipe à Colonne (sans avoir
égard ni à sa modestie ni à son peu de prétention ), il me seroit impossible de lui demander
son agrément pour publier la réponse que j'avois
précédemment faite à sa lettre. Je prends donc
sur moi, à mes risques et périls, de la livrer
au public ( parce que moi seul veux me charger de tout ce qui pourroit en résulter, quoi
qu'on veuille m'en éviter la peine ) : je dis *à
mes risques et périls*, vu que dans ce qu'on
fait circuler on a été jusqu'à prétendre sans ver-
gogne qu'*effectivement ces* RISQUES *ne seroient
que pour ceux dont les* TOURS *seroient pris ;
mais que les autres qui ont l'adresse de les enlever, ne* RISQUOIENT *rien de continuer les démarches et toutes les sortes de subtilités pour
faire encore reculer les ouvrages des* MAITRES,
sous le faux prétexte qu'il faut aussi encourager
les jeunes commençans, en *taisant* adroitement
aux *autorités* quelles seroient auparavant les
arènes subsidiaires ( qui sont cependant les *filières*
par où ils doivent passer ), quelles seroient, disons-nous, les arènes subsidiaires où il faudroit
leur donner ces encouragemens. Et c'est ainsi
qu'effectivement les démarches viennent à bout
de faire écarter sans cesse les ouvrages des compositeurs, des artistes, ou des gens de lettres

tous éprouvés, et qui avoient pu prendre la
longue habitude de le souffrir · . ., le souffrir? . . . Existeroit-il encore quelques hommes
de lettres ou quelques artistes à talent capables
de cette foiblesse, et qui ne fussent irrévocable-
ment déterminés à défendre leurs droits pour
l'intérêt même des arts, qu'il faut enfin faire briller
aux yeux des étrangers? Niera - t - on que nous
ayons des gens de lettres, des peintres; que
nous ayons des sculpteurs, des architectes, capables de remplir ce but? Pourquoi la musique
seule en seroit-elle exceptée? N'a-t-elle pas aussi
ses maîtres éprouvés (1)? Ce sont les ouvrages de

---

(1) Nous les nommerons dans les trois dernières parties de
la lettre suivante, ces maîtres éprouvés : nous *indiquerons* les
compositeurs qu'il faut faire travailler, ou plutôt nous *ferons*
*un appel* à leur génie ; nous chercherons à rallumer leur émulation, que les continuels *faiseurs de démarches*, que les *obs-*
*trueurs perpétuels*, que les adroits créateurs d'obstacles sont
presque parvenus à éteindre ou du moins à assoupir. Et c'est
en ôtant ainsi au vrai talent tous les moyens d'*arriver*, qu'on
suppose et fait entendre qu'il n'a pas besoin d'être encouragé
pour *arriver de lui-même*, mais que les *jeunes commençans*
ont besoin d'être *épaulés, soutenus, portés* . . . . . Et c'est
avec ces raisons qui auroient besoin d'être développées, qu'on
ferme tous les passages aux vrais poëtes, aux véritables
hommes de lettres, aux musiciens éprouvés, et que si souvent

ceux-là qu'il faut montrer aux étrangers, pour leur faire juger (sans tromperie) à quel point la musique en est en France.

Je trouverai donc (quant à la publicité de ma réponse), je trouverai de même mon excuse auprès du citoyen *Guillard*, dans mon desir de voir enfin les arts reprendre en France la direction naturelle qu'ils ont dans tous les pays éclairés de l'Europe, dans mon desir de voir les Français s'en enorgueillir vis-à-vis de l'étranger ; car la France peut ( si elle le veut ) faire parvenir ses *écoles en tous genres* jusqu'à tenir le premier rang dans l'univers. Je la trouverai cette excuse dans mes vœux ardens qu'il soit aussi impossible de donner en France de grands ouvrages dramatiques PAR PROTECTION , qu'il l'est d'avoir, PAR PROTEC-TION , le génie de les faire. . . . Ce seroit peut-être là (comme dans l'antiquité) le cas des concours publics vis-à-vis des personnes éclairées et

---

on les oblige à défendre leurs *droits* ou leurs *tours* prêts à être enlevés par ceux qui en sont encore à apprendre à les *imiter*. Il ne suffit pas d'étudier les ouvrages du *génie*, il faut, avant tout, avoir le *génie* de les étudier. Sans doute , il faut encourager les commençans ! sans doute , il faut leur montrer les palmes glorieuses ! mais au bout de la carrière et dans l'arène qui leur convient d'abord,

sensibles, dont les suffrages, *ainsi que dans Athènes*, dont les suffrages, disons-nons, dont les voix ne seroient pesées et mesurées que sur leur *plaisir spontané*, que sur leur *enthousiasme involontaire*, que sur un enthousiasme, disoit Gluck, *qui s'est laissé faire* . . . ., car c'est-là pourtant (après tout) ce qu'il faut procurer au public, qui viendroit ensuite entendre ces ouvrages couronnés par de véritables prix . . . . . . O VÉRITÉ! puisses-tu me punir! puisses-tu faire tomber la musique d'*Adam* et d'*Ossian*! puisses-tu déterminer les auteurs de leurs poëmes à choisir d'autres musiciens! ou du moins puisse la mise d'Adam, puisse la mise d'Ossian être encore reculées de plusieurs lustres, si mon intérêt est quelque chose devant l'intérêt des arts, devant l'intérêt de leur gloire en France! . . . . .

# LETTRE

### EN RÉPONSE

# A GUILLARD,

Sur l'Opéra de la *Mort d'Adam*, dont le *tour* de mise arrive pour la troisième fois au Théâtre des Arts ;

### ET SUR PLUSIEURS POINTS D'UTILITÉ RELATIFS AUX ARTS ET AUX LETTRES ;

## DIVISÉE EN SIX PARTIES.

———————

# PREMIÈRE PARTIE.

Je reçois votre lettre à l'instant ; je vous réponds à la hâte. Comment, mon ami ?... toutes les sortes d'amour, sans cesse contrariées par *la religion et la mort*, ne parleroient point au cœur des hommes, ne seroient point

essentiellement théâtrales?... Allons donc!... ayez, je
vous en conjure, un peu plus de confiance dans ce qui
se fera éternellement entendre au genre humain, et dans
cette immuable et antique nature dont le cœur le plus
froid ne sauroit méconnoître *la voix puissante*, lorsqu'elle
lui parle d'une manière aussi souveraine, aussi impé-
rative qu'elle le fait dans le poëme de *la mort d'Adam*,
de *Klopstorc*, que vous avez si bien imité. Guillard,
je doute que vous retrouviez jamais *les cordes premières*
que votre cœur, dans Adam, fait sonner *à l'unisson* dans
celui des autres; je doute que vous retrouviez à ce
point ce caractère de poésie auguste et solennelle qui
appelle à chaque vers la musique, son *antique* compagne.

Il se peut, mon ami, que des gens s'avisent de juger
votre ouvrage sans l'avoir entendu, et se plaisent à ré-
pandre que votre poëme EST UNE LAMENTATION DES
SOLITAIRES DE LA THÉBAÏDE, RENFORCÉE PAR LES MŒURS
DES RELIGIEUX DE LA TRAPPE; il se peut qu'on dise QUE LES
MORCEAUX D'ENSEMBLE DU MUSICIEN SONT LES PATENÔTRES
D'UNE CONGRÉGATION D'HERMITES, ET SES AIRS, LES AN-
TIENNES NAZILLARDES D'UN COUVENT DE CAPUCINS : mais ne
vous arrêtez point, mon ami, à ce jugement prématuré;
attendez que votre ouvrage soit exécuté dans son cadre.
Vous avez fait, à l'aide de *Klopstorc*, une statue équestre
destinée au grand opéra, qu'on a voulu à toute force
examiner de près dans un *boudoir :* aussi ses traits ont pu
paroître trop prononcés. Laissez placer votre statue dans
son lieu; et votre tableau de trente pieds, qu'on a mal jugé
dans une chambre, ne présentera que des traits adoucis et de

grandeur naturelle, lorsqu'il sera placé dans *le temple* ,
et examiné de la distance où il doit être vu. Patience,
mon ami ; vous les transporterez , je l'espère, dans la
*Mésopotamie*, au bord du Tigre et de l'Euphrate , non
loin du jardin d'*Eden* ; vous leur ferez entendre , avec
*Klopstorc* , le langage de l'homme sortant naguère des
mains du Créateur : mais attendons la décoration , le
costume, le nom des personnages , l'effet des mœurs
patriarcales de ces siècles antiques...... Je vous réponds
des pleurs DES ENFANS D'ADAM ; et les plus déterminés
à se mettre en garde contre l'impression du sujet, vous
paieront de leurs larmes les propos inconsidérés qu'ils
tiennent aujourd'hui.

Le rôle d'Adam *une capucinade* !... (1) Attendez, mon

---

(1) Je prends sur moi, sans l'aveu du poëte, de mettre, pour ainsi
dire , sous les yeux du public le programme de son poëme : il pourra
m'accuser de nuire par là à l'intérêt de curiosité ; mais j'obvie à
un inconvénient beaucoup plus grave qu'il ne le croit lui-même. Enfin
le public, les gens de lettres et les artistes, qui, en définitif, nous
jugeront, et dont l'opinion est la seule qui demeure, sauront d'avance
si les préventions qu'on cherche à leur donner sur LE SUJET sont
bien ou mal fondées : s'ils nous condamnent, alors plus d'appel. On
pardonnera, je l'espère , au musicien un peu de chaleur ; mais , je le
répète, j'ai vraiment beaucoup plus eu en vue de louer LE CHOIX DU
SUJET que le *talent* du poëte.

D'ailleurs , il étoit peut-être temps de ne plus garder le silence en
m'entendant continuellement accuser de paresse par le public, qui ignoroit sans doute les obstacles toujours renaissans qui, depuis six ans,
ne cessent d'entraver la mise de quatre ouvrages nouveaux que j'ai
composés pour les grands théâtres. Quatre fois, depuis plusieurs années, mon tour est arrivé ; quatre fois on a été au moment de les

*Lettre en réponse à Guillard.*       B

ami ( avant que toutes ces critiques accumulées dont on
cherche à vous accabler, puissent vous décourager au point
de vous ôter toute confiance dans votre ouvrage , et de
vous déterminer à ne plus poursuivre sa mise au théâtre
des Arts ), attendez au moins l'effet bon ou mauvais
des grandes répétitions ; attendez , avant que tant de cris
( au moins inconsidérés ) puissent presque vous persuader
que vous avez fait un mauvais ouvrage ; attendez , dis-je ,
que le *parterre* voie descendre de la colline LE PÈRE DES
HOMMES qui s'avance vers le tombeau d'*Abel* , tandis que
*Seth* et *Sélime* , ses enfans , le considèrent de loin pénétrés
d'un respect religieux ; attendez le moment où , arrivé à ce
tombeau (l'objet de la vénération de toute la famille ), il
adresse à l'Éternel cette prière auguste : *Toi , qui créas d'un*
*signe et la terre et le ciel , entends , ô Dieu puissant , ma*
*timide prière..... Ils passeront ces cieux et cette terre ; toi seul*
*demeureras ; toi seul es éternel. . . . Exauce les derniers vœux*
*d'un père ; protège et bénis ses enfans.* Ils sont là ses
enfans émus ; ils l'entendent , ils le voient ; ils voient ce
père auguste , ce père bienfaisant , s'occuper d'eux sans
cesse , et même quand il les croit absens ; ils voient ses
grands exemples leur servir de modèles jusqu'au terme
de sa vie. . . . Ils ne veulent point le troubler dans ses pieux
devoirs envers l'auteur suprême , et cependant ils mêlent
à l'écart leurs voix à celle de leur père : leurs vœux se

---

répéter ; et , par les mêmes manœuvres , ils ont été quatre fois écartés.
Dois-je me laisser repousser une cinquième fois, me présentant avec le
sujet de *Klopstocc* , ouvrage dont la réputation est faite depuis quarante ans ?

confondent. Le *parterre* voit d'un côté *Adam* conjurer
le ciel pour ses enfans, qu'il croit absens, tandis que
ses enfans adressent les mêmes vœux pour lui à l'*auteur
des choses*. Dès cet endroit, mon ami, le *parterre* doit
former déja dans son cœur des vœux pour *Adam*; il doit
s'intéresser déja fortement au *père des hommes*, ou je me
trompe bien fort sur ces premiers sentimens de la nature, dont il ne se défend jamais lorsqu'il en reconnoît
la voix.

*Avant de vous décourager*, qu'il vous soit au moins
permis de douter que ce même *parterre* puisse voir et
entendre sans intérêt la scène qui suit entre *Adam* et
*Seth*, l'aîné actuel de ses fils, ainsi que le *duo*, où, resté
debout, Adam demande au ciel d'envoyer à Seth la force
nécessaire pour soutenir leur séparation, tandis que
*Seth*, à genoux, conjure le *grand moteur* de lui conserver
son père.

*Avant de vous décourager*, qu'il vous soit encore permis
de douter que, dans la même scène, l'on voie avec indifférence la noble résolution d'Adam de préparer son tombeau, l'auguste déclaration qu'il en fait à l'aîné actuel de
ses fils, ainsi que ses nobles et brûlans regrets sur ce
que *les enfans de ses enfans, par sa chûte entraînés, le
suivront dans la tombe*. Attendez sa scène solennelle avec
l'*ange de la mort*, qui, le matin, vient lui annoncer qu'au
coucher du soleil IL MOURRA DE LA MORT ; attendez la
noble réponse du père des hommes à l'envoyé des cieux,
et, à la fin de cette scène magnifique, l'effet plus magnifique encore de la sortie d'*Adam* ; attendez que *Seth*, effrayé,

se relevant du rocher, coure vers Adam, l'arrête, et lui dise : *Vous me fuyez, mon père !... où voulez vous aller?...* Adorer l'Éternel, répond Adam. ( Voilà pour le rôle d'Adam dans le premier acte. )

*Avant de vous décourager*, attendez qu'au second acte, le *parterre* entende la touchante douleur d'Adam sur la perte du très-jeune *Sunim*, de son dernier enfant, perdu dans la forêt des cèdres, et que ses sœurs ne peuvent retrouver : qu'il vous soit permis de douter que le spectateur n'éprouve point lui-même les regrets d'*Adam* sur ce que la mort va le surprendre sans qu'il ait pu du moins *entendre encore, toucher et bénir cet enfant.* C'est *sur-tout aujourd'hui*, dit-il, *que je dois le bénir; c'est mon dernier enfant, l'enfant de ma vieillesse.*

*Avant de vous décourager*, qu'il vous soit permis de douter que le parterre voie avec indifférence *le père des hommes* monter avec son fils sur la montagne pour *saluer* encore une fois, mais de loin, son antique patrie, le jardin d'*Eden*, et lui faire un éternel adieu.

Qu'il vous soit permis de douter qu'on puisse entendre sans intérêt s'exhaler du cœur paternel d'*Adam* votre *air* imprégné des grands souvenirs de l'antique communication de l'*homme avec Dieu, d'Adam avec les chœurs de la milice céleste*, lorsqu'il chante : *A mes enfans ; ce séjour fut promis...; et c'est par moi, c'est par leur père qu'ils en sont à jamais bannis.... O regrets ! ô douleur amère !....*

*Avant de vous décourager à ce point*, mon ami, attendez les terribles scènes entre *Caïn* accompagné de sa race, revenant des monts hyperborés, et *Adam* accompagné

de ses enfans, qui ont conservé leurs mœurs douces et
patriarchales; attendez qu'*Adam* dise à *Seth* qui veut
arrêter les imprécations de *Caïn : Laisse-le ; c'est son juge
et le mien qui l'envoie*; attendez ( lorsque Caïn annonce
qu'il veut maudire son père ), attendez, dis-je, que le
*parterre* voie alors ce père vénérable se lever avec calme,
prendre avec une noble tranquillité la main de *Caïn*, et
le faire avancer avec lui près du tombeau qu'il s'est préparé lui-même; attendez que ce *parterre* lui entende dire :
*Approche donc, Caïn; c'est ici que tu dois me maudire : re-
garde ce tombeau, c'est celui de ton père ; j'y descends aujourd'hui.* Dans cet endroit, l'acteur peut donner à Adam
trente coudées; l'effet de la scène peut devenir colossal.
Les mouvemens qu'Adam excitera sur le théâtre doivent
passer jusqu'aux cœurs des spectateurs, ou vous et moi
aurions été bien au-dessous du sujet.

Après cette scène entre *Caïn* et *Adam*, attendez encore
que son ame paternelle dise à ses autres enfans: *Ah!
plaignons-le, mes chers amis; la haine et le malheur ont aigri
ses esprits; essayons d'amollir ce fougueux caractère. Seth,
retourne de ma part vers ce malheureux fils; détourne ces
terreurs où son cœur s'abandonne : dis-lui bien que le Ciel,
s'il veut se repentir, en sa faveur encore peut se laisser
fléchir; dis-lui sur-tout, dis-lui que mon cœur lui par-
donne.*

*Avant de vous décourager*, qu'il vous soit encore permis
de douter si votre juge, si le *parterre* verra sans intérêt la
fin du second acte, où *Adam*, continuant toujours d'être sur
le premier plan, me semble parler sans cesse au cœur du

B 3

parterre, comme l'auteur des choses parleroit lui-même, ou du moins comme les prophètes hébreux le font parler. C'est là qu'*Adam* peut entraîner toutes les âmes; c'est là que le public doit devenir plus que jamais son enfant; c'est là que tout le *parterre* doit voir en lui son propre père; c'est là que toutes les entrailles doivent s'émouvoir, en prévoyant *la doüleur de sang* qui va assaillir toute la famille d'*Adam*, lorsqu'il faudra qu'elle découvre le secret qu'il lui cache encore, qu'elle soit témoin de la *première mort naturelle*, et qu'elle soit privée pour toujours de ce père bienfaisant, devenu l'amour et l'exemple de la terre. Les TERREURS des enfans d'Adam sur la scène doivent être, au troisième acte, les terreurs *des enfans d'Adam* dans toute la salle. Chacun ne considérera plus dans Adam que l'auteur de ses jours, dans *Eve* que sa propre mère. Combien elles vont l'émouvoir ( ce parterre ), les douleurs d'*Eve*, les douleurs de la mère commune, forcée de se résigner à rester seule avec sa douleur, après des siècles de l'union la plus auguste! ( Voilà pour le *rôle d'Adam* dans le second acte ). Voyons le troisième.

Avant de vous décourager, mon ami, osez ne point vous persuader que le public, que les gens de lettres et les artistes pourroient être insensibles à la scène où *Seth* raconte à *Adam* le repentir de *Caïn*. Osez fonder quelqu'espoir sur l'effet de votre morceau où Adam dit alors : *O vous bonté suprême ! vous m'avez pardonné, pardonnez-lui de même. Seth, porte mes derniers vœux à mes autres enfans; dis-leur que sur ma tombe, au moment d'y descendre, j'ai versé dans ton sein les pleurs du re-*

pentir, peut-être sur mon sort ils pourront s'attendrir, et
ne maudiront pas ma cendre..... C'est là que tous les
cœurs du parterre (j'ose l'augurer), bien loin de maudire la mémoire d'Adam, lui prouveront, par les élans
dont ils ne pourront se défendre, que *tant qu'il existera,
comme vous le chantez, des cœurs purs sur la terre,
le nom de leur auteur sera sacré pour eux*. Quel intérêt
ce grand personnage ne doit-il pas inspirer jusque dans
son sommeil ! Combien cette tête auguste est vénérée par
ses enfans ! ne doit-elle pas attirer autour d'elle toutes
les ames des spectateurs ! Combien ne doivent-elles pas
sentir et dire avec Seth : *D'aimables souvenirs son ame
est caressée ; sans doute un songe heureux retrace à sa pensée
et notre amour et ses bienfaits.* Osez, mon ami, osez
espérer quelqu'effet de votre *allegro*, peignant alors les
douleurs de Seth, causées par le soleil qui commence
à s'incliner vers le couchant. *Adam sommeille.... il ne
se réveillera peut-être plus.....* Attendez l'effet de son ré-
veil, lorsqu'il prend *Eve* pour Sélime, et qu'il lui dit :
*Console-toi, ma fille ; il te reste une mère.....* C'étoit à
*Eve* qu'il vouloit le plus cacher le moment de sa mort,
et c'est ainsi qu'il lui découvre, sans le savoir, qu'il va
la quitter POUR TOUJOURS..... Il faut ici que les cœurs se
brisent, ou je ne sens plus la marche des sentimens
humains.

N'attendez-vous rien de la scène où le jeune *Sunim* re-
trouvé, vient jouir des derniers embrassemens de son
père, prêt à le quitter ? n'attendez-vous rien de l'effet que
peut produire l'acteur représentant Adam, lorsqu'ayant

déja la vue presqu'éteinte, il dira, en entendant la voix
de son enfant : *Ah! qu'il s'approche davantage! si je ne
puis revoir ses traits chéris, que je touche au moins son
visage!*..... N'attendez-vous rien du moment où ce père
auguste, que la mort va bientôt atteindre, relève encore
son visage où brille un dernier rayon de joie, étend ses
mains errantes qui cherchent son jeune fils?..... Dans
une heure il ne l'entendra plus;..... dans une heure, il
le quitte pour jamais.

    Attendez!..... qu'il vous soit permis de douter encore
que le *parterre* puisse voir sans intérêt l'instant où le soleil,
prêt à arriver au bas de l'horizon, a rassemblé le genre
humain autour d'Adam, le genre humain qui le presse
de le bénir;..... attendez que ce père adoré refuse, et conjure le Ciel de le bénir lui-même. Espérez quelque chose
de cette prophétie solennelle sur les malheurs qui devront
arriver sur le globe, et le bonheur qui doit naître
ensuite..... N'attendez-vous rien de l'effet chaud et brûlant
de cette scène imposante, où, comme la lampe du prophète
avant de s'éteindre, *Adam* rassemble plus de force qu'il
n'en a montré, depuis le commencement de l'*opéra*,
pour prédire au genre humain maintenant assemblé dans
la vallée, sur les collines et la montagne, les grands événemens que la terre verra dans la longue suite des siècles?
Quel mince effet produiroit la pithie de Delphes auprès de
cette prédiction auguste et solennelle où le père des humains, devenu l'être entre la divinité et l'homme, dévoile
aux hommes même qui composent le *parterre*, et sont ses
descendans, ce qui doit leur arriver, ce qu'ils doivent faire.

pour éviter les maux, ce qu'ils doivent entreprendre pour rencontrer *le bien*, et dont la dernière action est de bénir le genre humain en mourant debout contre le rocher, qui se brise au moment même où le soleil disparoît de l'horizon pour faire place à la nuit..... La nature prend le deuil.....

Ne vous découragez point, mon ami ; laissez crier contre votre ouvrage : mais rappelez-vous encore quel puissant contraste existe entre l'auguste, l'imposante paternité d'*Adam* et le ton angélique de *Sélime* et de *Seth*; rappelez-vous l'effet que le brûlant attachement d'*Eve* pour *Adam* doit produire en elle, quand elle apprend qu'il va la quitter *pour jamais*. Songez à l'effet qui doit résulter du mariage de *Sélime*, projeté et préparé par Adam, lorsque l'Ange exterminateur vient lui annoncer que l'heure de sa mort sera marquée par la chute de ce jour même où toute la famille faisoit déja les apprêts de l'union de sa fille avec le jeune *Eman*; songez aux oppositions qui doivent exister entre le caractère de vos chœurs des enfans d'*Adam*, et les chœurs des enfans de *Caïn*.

Je sais comme vous, mon ami, que dans ce moment même, où mon tour arrive pour la troisième fois au Théâtre des Arts, on dit que plusieurs protecteurs d'autres opéras sont aussi pour la troisième fois à l'affût des événemens pour en faire tourner la chance en faveur de leurs protégés, dont ils veulent, dit-on, faire répéter les ouvrages en la place de la *Mort d'Adam*, quoiqu'ils n'aient tour depuis long-temps qu'après les miens : mais aussi ces bruits sont-ils bien vrais ? Est-il bien vrai qu'on n'épargne point les démarches pour parvenir à annuller *la détermination du ministère actuel sur la mise de mes ouvrages ?* Est-il bien vrai qu'on espère d'autant plus y parvenir, qu'on en étoit déja venu à bout sous le ministère précédent, et qu'en se servant principalement de la *force d'inertie*, on avoit, l'année dernière, rendu nulle la *détermination* très-prononcée du ministre *Lucien Bonaparte* de faire monter et *la Mort d'Adam* et *les Bardes* dans l'hiver de l'an 9 ? Mais ces ruses, si elles ont existé, doivent être découvertes et usées, mon ami. Il est temps que les différentes décisions de plusieurs ministres successifs, et notamment de celui-ci, reçoivent enfin leur exécution. On ne les éludera plus, je l'espère, en cherchant, par de faux rapports, à surprendre la religion des chefs de divisions du ministère : ils ont porté un jugement favorable de votre ouvrage ; ils s'intéressent à sa mise. Les directeurs de l'Opéra, les citoyens *Bonnet* et *Célérier*, le portent de toutes leurs forces ; les acteurs, la danse, les chœurs et l'orchestre desirent ardemment l'exécuter: que voulez-vous de plus ?

# DEUXIÈME PARTIE.

ON se presse de répandre que votre poëme *est une tragédie fanatique*. Ou ces personnes ne connoissent point la tragédie de l'auteur allemand, ni la vôtre, ou leur intention pourroit être soupçonnée de perfidie. Ce n'est, ajoute-t-on, qu'un GRAND TABLEAU DE DÉVOTION *qui va faire perdre à l'Opéra le fruit d'une étude de six semaines, parce que le public ne se souciera guères de l'aller voir.* Avancer ceci, comme on le fait, sur l'intéressant et imposant sujet de *Klopstorc*, c'est comme si on disoit, mon ami, qu'on ne se soucie guère d'aller voir *les tableaux de dévotion* qui ornent à Paris la plus belle galerie qui soit en Europe ; et cependant chaque fois que cette galerie est ouverte, j'y vois le public venir en foule pour admirer les sujets *de dévotion* du *Poussin*, de *Raphaël*, de *Rubens*, du *Dominiquin*, de *Lebrun*, de *Lesuéur ;* on n'y rencontre que ces sujets ; et sur cent tableaux, il y en a toujours quatre-ving-dix de ce genre : détourneroit-on le public d'aller voir ces sujets religieux, sous le spécieux prétexte que ce sont des capucinades ?.... Combien de pareilles capucinades, répondroit-il, effacent cependant les tableaux mithologiques de *Mignard*, de l'*Albane*, de *Lahyre* : malgré la grace de ces derniers, je reviendrai vingt fois, diroit-il, pour voir *la mâle et élégante sévérité*

*des premiers ;* et · ce ne sera plus que par occasion que
j'admirerai le pinceau gracieux des seconds.

D'ailleurs, mon ami, pour que votre tragédie de la
*Mort d'Adam fût une pièce fanatique,* comme on ose
méchamment le répandre, dans l'intention de nuire à sa
mise, il faudroit au moins qu'il y fût question de quelques disputes entre des religions particulières : or il seroit
impossible d'y rencontrer le soupçon même d'aucune de
ces idées.

. L'unique et grande pensée qui, ce me semble, règne
continuellement dans votre ouvrage, c'est que chacun y
trouvera toutes les vertus privées des familles, prises dans
tel peuple que ce soit, et communicatives à tout auditeur,
de quelqu'âge, de quelque profession ou de quelque pays
qu'il puisse être, avec les grandes idées de la *morale universelle* de tous les peuples ; et comme toutes les idées
religieuses et toutes les sortes de religions remontent à
un premier homme, que toutes les nations actuelles du
globe appellent *Adam :* c'est aussi dans ce *père commun
des humains* que chaque homme, que chaque auditeur
de votre poëme pourra reconnoître son modèle et son
exemple.

Si on laisse aller l'ouvrage, et si la musique ne lui
nuit point, on ne sortira point de votre spectacle (j'ose
vous le prédire), sans que le fils ne sente fortement
se réveiller dans son cœur vivement touché, encore
plus de vénération pour son père, plus d'amour pour
sa mère, et sans que le père ne sente, dans ses entrailles émues, une tendresse encore plus brûlante pour

ses enfans ; et ces sentimens, promptement réchauffés ,
ne feront qu'augmenter leurs jouissances à la fois les
plus douces et les plus nobles. En un mot , on ne
quittera point le dénouement de votre opéra sans se
sentir meilleur qu'auparavant. Rappelez-vous les procédés et la marche de nos mouvemens intérieurs : le
tableau vif des premiers sentimens de la nature enlève
d'abord nos cœurs , les transporte avec véhémence , et
finit bientôt par aller les reposer doucement sur nos
proches , sur ce que nous avons de plus cher. Et pourroit-on venir à bout de faire accroire aujourd'hui au
théâtre de Arts que ceci soit au détriment de la morale
publique ? Pourroit-on faire accroire que ce soit *une*
*capucinade* ? De la constance, mon ami ! L'opinion publique vous fera triompher de ces propos inconsidérés.

Les plus grandes passions , celles des âmes chaudes ,
élevées et brûlantes , font le pivot du sujet que vous
avez traité , et ce sujet est fondé sur *toutes les sortes*
*d'amour , la religion et la mort.*

C'est au milieu de ces diverses modifications d'*amour*
*paternel* , d'*amour filial* , d'*amour maternel*, et d'*amour con-*
*jugal* ; c'est au milieu de cette PITIÉ douce , excitée par
ces sentimens, et toujours renaissante à côté des TERREURS
de la mort ; c'est au milieu , non de l'accent particulier à un peuple , mais au milieu de l'accent universel
de la nature qui arrache à tout homme des cris inar-
ticulés ; en un mot, c'est au milieu de ces mœurs pures ,
probes et patriarcales des premiers siècles , que votre
terrible rôle de Caïn ( revenant des monts hyperborés,

et accompagné de sa race ), vient faire pyramide , et produire les contrastes les plus frappans.

Rassurez-vous , mon ami , vos cordes sonneront en temps et lieu , je m'en rapporte au cœur humain. Croyez que même le tombeau d'Abel , *que la continuelle perspective de la mort* d'un père qui va quitter une famille nombreuse dont il est chéri , et que *chaque heure du cours du soleil* qui en avance à mesure le fatal instant , joueront , dans votre ouvrage , des rôles qui ne seront pas les moins imposans.

Croyez-vous ( lorsque toute la nature, dans votre décoration, semblera prendre part elle-même à ce grand événement ), croyez-vous , dis-je , que les descendans de cet illustre ancêtre ne prendront de leur côté aucune part à ses antiques malheurs , quand dans la personne de l'acteur qui le représentera , son ombre auguste , après tant de siècles vénérables , semblera repasser le seuil de la mort pour revenir demander les larmes de ses derniers neveux ?..... Les lui refuseront-ils , lorsque le flambeau du monde semblera s'éteindre lui-même avec le flambeau de la vie de l'aïeul commun des hommes , en laissant le deuil s'étendre en long crêpe sur l'horizon obscurci..... Allons , mon ami ; est-ce donc là UNE CAPUCINADE ? Remerciez ceux qui vous font partager une si noble honte avec *Klopstorc.*

Des répétitions particulières ne sauront même faire juger votre ouvrage dans toutes ses parties. Ce ne sera qu'en scène qu'on pourra réellement sentir et apprécier le *grandiose antique* que vous avez répandu à pleines

mains dans votre opéra , et au ton duquel le musicien
a tâché de se monter. Vous y avez parfaitement senti
qu'il faut donner à la musique le langage des passions ,
beaucoup de sentimens et d'images, mais peu de simples
idées à rendre. Il n'y a effectivement que les passions
qui chantent ; l'entendement ne fait que parler.

Aussi combien n'avez-vous pas eu raison , en suivant
votre excellent original allemand , de mettre constamment en jeu les trois grands leviers de ces sentimens
et passions , *l'amour* , comme je le disois , *la religion*
*et la mort !* et vous savez comme moi que , selon les
plus célèbres critiques tant anciens que modernes ,
« ce sont les trois mobiles les plus efficaces de la tra-
» gédie ». Voilà pourquoi de célèbres critiques modernes
ont mis l'Adam de *Klopstorc* à côté des tragédies antiques les plus vantées ; et je ne suis point étonné que
nos meilleurs poëtes actuels et nos gens de lettres les
plus distingués ( entendant lire votre *Mort d'Adam* ) ,
n'aient point fait difficulté de le mettre , en ma présence , au moins à côté de votre *Iphigénie en Tauride*
et de votre *OEdippe à Colonne.*

Avancer ( comme on cherche aujourd'hui à vous en
donner les craintes ) que votre poëme d'*Adam* ne sauroit faire espérer le succès de vos autres ouvrages , ce
seroit condamner , avant de l'entendre , la *musique de la*
*Mort d'Adam ,* et ce ne seroit pas diminuer le mérite
des *paroles ;* car je tiens pour bon le jugement porté
d'avance par nombre de nos gens de lettres dont les talens
sont sur la première ligne. Et si ce poëme neuf et ori-

ginal venoit à ne point avoir le succès que j'ose vous
présager, ce seroit moi qu'il en faudroit accuser ; car
la faute viendroit seule de la musique, qui n'eût pu
atteindre alors ni cette nouveauté de forme, ni cette
originalité, ni ce caractère tout particulier de grandeur
et de sublimité, fait pour aller frapper du premier coup
le cœur le plus froid et le plus en garde contre sa sensibilité ; fait, en un mot, pour causer dans tout un
auditoire ces vifs élans de l'ame qui transportent les
auditeurs hors d'eux-mêmes. Alors les prédictions de ceux
qui se plaisent à vous dire et répandre au théâtre des
Arts *que la musique fera toujours tomber le poëme* dans
tel état qu'il se trouve, s'accompliroient à la lettre,
et dès ce moment je m'avouerois vaincu : mais jusque-là espérons..... Ayons le courage de soigner les répétitions ; n'épargnons point nos travaux ni nos peines.
Qui sait ? Nous en serons peut-être récompensés.

# TROISIÈME PARTIE.

VOTRE poëme ne paroît si nu ou plutôt si simple à quelques-uns, que parce qu'on y voit la nature à découvert ; et pour l'avoir peinte et exprimée avec cette vérité *native* qu'on reconnoît dans l'ouvrage de l'auteur allemand et dans le vôtre, il a fallu l'avoir eue, non pas sous les yeux, non pas en idée, mais au fond du cœur ; et soyez assuré que le musicien a tâché de s'en pénétrer..... Je m'étois toujours refusé à faire entendre cet ouvrage au clavecin, vu que cet instrument, qui n'a que des effets de *batteries* et des pulsations sèches et coupées, ne sauroit rendre ni le *caractère particulier*, ni la *couleur locale* d'une musique qui a dû souvent employer des sons larges et soutenus, et n'offrir que les chants primitifs des passions. Il faut d'ailleurs que la décoration ( quoique très-simple ) et l'exposition transportent l'auditeur dans un *site* et dans un siècle où il puisse desirer et demander lui-même LES CHANTS DU PREMIER AGE DU MONDE ; il faut, dis-je, que l'auditeur, mis dans cette situation par les décorations et les costumes, puisse sentir que les mœurs patriarcales de ce *siècle*, et les diverses modifications des passions ont dû ( dans cet âge ) agir et chanter avec cette sorte de *mélopée* antique.

*Lettre en réponse à Guillard.*

C

C'est pour cela qu'en évitant soigneusement tout ce qui pourroit réveiller la moindre idée de *musique gothique*, le musicien s'est au contraire scrupuleusement efforcé de prendre le ton de votre *grandioss antique*, et de ne faire sonner que des *cordes montées* à l'accent des poëtes hébreux dont vous avez si bien imité le style. Voilà quelle fut l'intention de mon travail; mais les répétitions à grand-orchestre pourront seules me prouver que je me serai trompé. Jusque-là, mon ami, je tiendrai fortement à ne point changer le *ton* antique dont j'ai cherché à colorer votre ouvrage, et à ne point le *bigarrer* d'une *musique moderne* qui jureroit avec le sujet. Dans toutes les situations douces, mon ami, il y faut le ton d'une mélodie aérienne, le caractère des chants angéliques; mais gardez-vous bien de croire que ces *chants angéliques* puissent jamais avoir la moindre affinité avec des tournures de chant moderne, qui réveilleroient plutôt des idées de *comédies lyriques*, que les sentimens élevés qui conviennent au grand sujet que vous avez traité.

Attendez donc, je vous en conjure, les dernières répétitions à grand-orchestre, pour savoir si vous devez écouter les jugemens prématurés de ceux qui vous assurent si hardiment que je me suis trompé, et que ma musique écrasera votre poëme sous sa chute. Laissez crier, mon ami : je me trouve forcé de vous rappeler que pendant toutes les répétitions de *la Caverne*, vous entendiez dire de tous côtés que la musique n'en étoit que de *mauvais chants d'église*. Il falloit, assuroit-on;

retrancher le chœur ( *la foudre éclate* ) qui finit le second acte, ou en faire un autre, si je voulois que l'ouvrage ne tombât point ; je soutins heureusement qu'il
feroit le succès de la pièce : le chœur est resté, et *la*
*Caverne* ( malgré toutes les prédictions sur sa chute )
n'est point tombée. Il falloit, selon le plus grand nombre
d'avis, retrancher de *Télémaque* le double *chœur des*
*nymphes et des satyres*; il falloit en ôter la *scène et le*
*chœur des vents*. C'étoit, disoit-on, de la *musique d'église*
qui ne convenoit point au théâtre, et qui feroit tomber
*Télémaque*. Je tins bon, et fis toujours répéter ces deux
chœurs ; il a fallu que je fusse secondé par plusieurs
amis du théâtre Feydeau, pour faire soupçonner que
je pouvois avoir raison : *Télémaque* se donna, et il dut
une partie de sa réussite aux deux morceaux que l'on
avoit voulu retrancher ; du moins ce sont ces deux
chœurs, vous le savez, pour lesquels le public a eu
le plus d'indulgence.

Avant la première représentation de *Paul et Virginie*,
*l'Hymne au soleil* étoit regardée comme ne convenant point
au genre de cet opéra. C'est fort beau, disoit-on ; mais
voilà encore un chœur d'église qui ne convient point
au théâtre. La première représentation arrive, et l'hymne
au soleil fait prendre *Paul et Virginie*.

Il seroit maintenant inutile de vous faire ressouvenir que
les mêmes gens qui m'accusent aujourd'hui d'avoir transporté au théâtre une musique qui ne conviendroit qu'à
l'église, me traitoient, il y a quinze ans, dans leurs écrits
anonymes, d'*effronté novateur*, qui transportoit à la

-Métropole de Paris un FAIRE *scénique* qui ne convenoit
qu'au grand Opéra.

Je retourne à vous. Il est vrai que ceux qui vous aiment,
se plaignent de ce que vos succès au théâtre des Arts,
dans des ouvrages qui, certes, les méritoient; bien loin
de vous tenir, sans contestation désormais, les portes ouvertes, deviennent, au contraire, des causes qui moti-
vent des démarches pour vous les fermer. Et vous et eux;
vous vous découragez; et vous et eux, vous vous lassez d'in-
sister sur des droits réels que l'opinion publique vous y
a si justement acquis : mais qu'eux et vous se souviennent
que les représentations de vos anciens ouvrages renou-
vellent à chaque fois l'intérêt du public pour vous; et
accumulent d'autant plus ces mêmes droits à la mise de
vos nouveaux opéras. Il ne s'y connoît pas mal ce public
qui a porté cinq ou six cents fois son tribut d'admiration
aux représentations d'*OEdipe à Colone*....

Ne vous laissez point abattre, mon ami! ces sortes de
contrariétés sont arrivées à d'autres; et, bien loin de diminuer leur constance à poursuivre leur carrière, elles doivent au contraire contribuer à leur faire faire de nouveaux
efforts pour produire des ouvrages capables d'y résister.
C'est alors qu'ils finissent par ne point succomber, ou du
moins par se relever s'ils ont succombé. Que d'exemples,
mon ami, je pourrois vous en citer parmi nos gens
de lettres, parmi nos bons poëtes, nos grands peintres,
nos architectes ou nos compositeurs!... Les persécutions
qu'on leur a suscitées, bien loin de les décourager, n'ont
fait que communiquer un *feu nouveau* à leurs *nouveaux*

*ouvrages*, et imprimer à leurs brillants travaux un caractère encore plus auguste.

Souvenez-vous que, dans les lettres et les arts, aussi
bien que dans les hautes sciences, tout ce qui est marqué
au coin de la nouveauté n'a souvent été admis qu'après
bien des combats et des contradictions. Souvenez-vous que
plusieurs chefs-d'œuvre admirés aujourd'hui par toute
l'Europe, ont été sans succès pendant plus de trente ans.
Vous, mon ami, qui courez une carrière qui n'est pas
moins épineuse, armez-vous de courage, et que ces sortes
d'attaques ne vous rebutent point.

Les grands écrivains et les poëtes fameux qui ont pu
vous servir de modèles dans vos productions, doivent
aussi vous en servir dans votre constance à soigner encore plus, s'il est possible, vos nouveaux opéras, et
dans votre attention à ne rien négliger pour les faire
monter au théâtre. Après vous avoir cité, mon ami, de
pareils exemples, je ne puis plus vous parler de ce qui
est arrivé à moi-même ( à moi qui *cependant* tiens un si
foible rang au-dessous de pareils hommes ), à moins que
ce que je vous en dirois pût concourir à vous ôter votre
découragement. Aussi je ne vous rappellerai point ce que
me valut, à la métropole de Paris, le bonheur d'y avoir
plu par mes foibles *essais musicaux* ; je ne vous rappe-
lerai point qu'après l'exécution de la première solen-
nité, il n'en succéda aucune autre sans qu'on eût ( dans
les huit jours qui précédoient chaque nouvelle fête ) im-
primé et colporté avec profusion de longues *diatribes ano-*
*nymes* sur les nouvelles musiques que je me disposois à

y faire entendre : je ne vous rappellerai pas non plus que ces pamflets si volumineux étoient , avant même les répétitions , d'abord , comme on sait , distribués à Versailles dans l'orchestre de la Chapelle du Roi , ensuite envoyés aux orchestres du Concert-spirituel et des grands théâtres de Paris , puis à l'évêché , sans omettre d'en faire tenir des foules d'exemplaires à chaque membre du chapitre et à chacun des conseillers au parlement.

Il vous est pénible , dites-vous , de supporter avec courage les traits dirigés d'avance contre votre Adam ; vous craignez qu'ils en empêchent l'exécution. .... Eh ! mon ami ! toutes les musiques destinées aux solennités de l'église de Paris ont été exécutées , MALGRÉ qu'elles aient été constamment précédées des plus fortes diatribes qui développoient , avec la plus ingénieuse adresse , tous les moyens de jeter d'avance le découragement parmi les orchestres et artistes distingués qui devoient exécuter et chanter chaque *nouvel essai*; MALGRÉ que cette foule de pamflets avant - coureurs aient sans cesse tenté d'effrayer la religion de l'archevêque et du clergé , par rapport au *genre* et aux *plans* de musique qui alloient être exécutés dans l'église métropolitaine ; MALGRÉ , en un mot , que ces *enluminés anonymes* me refusoient de toutes leurs forces la capacité nécessaire pour composer la musique de ces solennités , sans se souvenir qu'un an auparavant , et lorsque je n'en étois encore qu'au moment d'être nommé *maître de chapelle* de Notre-Dame , ils avoient fait savoir soigneusement dans le *chapitre* que j'avois mis une tragédie en musique sur le point d'être alors représentée,

et qu'ils m'avoient même attribué plusieurs pièces des
Italiens , genre de travail.qui ne pouvoit s'accorder avec
la gravité de la place à laquelle on m'appeloit, et dans
laquelle il étoit défendu de composer pour le théâtre. Les
honnêtes gens ! les belles ames ! il leur importoit donc
peu , un an auparavant , de m'attribuer des talens au-
dessus d'un maître de chapelle , pourvu qu'ils parvinssent
dès cette époque à me nuire dans l'esprit de l'archevêque
et du clergé , qui étoient alors sur le point de m'admettre
à la direction de la musique de la Métropole. Eh bien !
mon ami, les propos inconsidérés, les diatribes, les pamflets , n'ont point empêché que je n'y fusse admis ,
n'ont point empêché que le clergé n'encourageât mes
foibles travaux. Ce qu'on dirige aujourd'hui contre votre
Adam , mon ami , me paroît à peu près aussi déraisonnable que l'étoit le but de ces vaines diatribes.

Mais comme je ne veux chercher qu'à vous rendre
le courage que jamais vous n'eussiez dû perdre un instant,
je vous tairai de ma situation passée tout ce qui ne
pourroit point se comparer avec votre situation actuelle
par rapport à votre *Mort d'Adam ;* je vous épargnerai les
détails sur ce que firent ces trop nombreux anonymes
qui , n'ayant pu parvenir à obtenir à temps des ordres
supérieurs qui supprimassent les musiques à grand-orchestre de la métropole, changèrent alors de batteries ,
et ne dirigèrent plus leurs nouveaux traits que contre
*la personne* et *l'honneur même* de l'auteur de ces musiques;
je vous tairai tout le vague et la déraison des calomnies
qui parvinrent cependant ( ne vous en effrayez pas pour

vous , ce ne fut qu'après des milliers d'efforts ), qui parvinrent, dis-je , à accumuler sur sa tête tout ce que le
malheur peut avoir de plus difficile à supporter. D'ailleurs , quand je veux vous donner de l'espoir et vous rendre la sécurité , pourquoi reporterois-je devant vous mon
imagination sur le pénible souvenir de longs sujets de chagrins , qui n'ont été que trop publics , et qu'un espace
de quinze ans a dû me faire onblier ?

Ainsi je m'en tiendrai uniquement à fixer votre princi-
pale attention sur les efforts tout particuliers qu'on avoit
faits précédemment pour former une opinion défavorable
sur les *essais* et *nouveaux plans musicaux* qu'on se disposoit
à entendre à Notre-Dame de Paris. Fait-on la même chose
aujourd'hui par rapport à votre *Adam* qu'on se dispose à
monter au théâtre des Arts ? essaie-t-on réellement aussi ,
avant de l'avoir entendu, de le faire juger défavorablement?
J'oserai alors vous conseiller de prendre le parti auquel je
me rangeois. Mon ami ! redoublez d'efforts pour obtenir
de bonnes répétitions. Quittez la campagne où vous allez
à tort vous livrer à une inaction nuisible et à un découragement hors de saison. Revenez à Paris seconder mes
soins ; tachez que votre ouvrage soit entendu avec son
véritable caractère. Que toutes vos intentions soient
bien connues : et j'ose vous répondre du zèle éclairé des
artistes à talent qui doivent l'exécuter. Autrement vous
feriez croire à ce qu'une personne importante du théâtre
des Arts vient encore de me confier : « On nous assure ,
» me dit-il , que votre propre intention est maintenant
» de reculer la mise de *la Mort d'Adam*, et de faire monter

» d'abord votre Ossian ou vos Bardes ». On l'en avoit
tellement persuadé ( ces jours derniers encore ) qu'il m'a
fallu avec lui une conférence pour l'en dissuader.

Vous entendez bien, mon ami, ( comme les *Bardes*
ou *Ossian* demandent encore quelque temps pour achever les décorations, ) qu'alors, dans l'intervalle, ceux
dont l'étude constante est toujours de faire écarter les
autres, eussent redoublé leurs démarches et leurs efforts
pour essayer d'enlever *d'emblée* votre *tour* en faveur des
ouvrages qu'ils protègent : et *la Mort d'Adam*, peut-être
même *les Bardes* ( une fois la place prise ), se trouvoient
encore reculés à je ne sais quand. . . . et c'est avec de tels
moyens que d'aussi *gauches champions* ( ainsi qu'on le dit
dans le monde ) cherchent à se donner de l'importance, en
voulant parvenir à faire affubler de l'honorable nom
d'*auteur* leurs très-soumis protégés qui se croient beaucoup plus forts de l'opinion de leurs *protecteurs* sans
cesse en chemin pour eux, que de celle du public, qui ne
les connoît que comme des aspirans à étudier l'art dramatique. La gloire facile est une si belle chose ! être fort
des démarches plus qu'importunes de ces mêmes protecteurs ; faire par eux une cour suivie, bien déguisée
et sans prétention à cette gloire qui fuit dès qu'elle
s'aperçoit du projet qu'on a de la saisir ; arriver jusqu'à elle et la surprendre sans essais préalables, sans
assauts ni batailles, seroit un événement si heureux !
faire du *premier* coup son *premier* essai sur le *premier théâtre
du monde*, et avec cela intéresser noblement le public,
quel triomphe ! . . . *Sauter* sans efforts des bancs de *l'école*

à la première scène lyrique de l'Europe, où Quinaut,
Gentil-Bernard et Offman, où Gluk, Sacchini, Piccini
et Grétry, où Martini, Gossec, Rameau et Philidor,
où Cherubini, Méhul et d'autres grands maîtres vivans
ont tremblé de paroître !.. Oh ! pour le coup, nous serions
de véritables *Mozarts* ! Dès notre premier âge, nous nous
asseyerions à côté des Hayden, des Pergolèse, des Jomelli et des Hendel ! il n'y a pas de gloire pareille !...
Si ce que je vous écris, mon ami, n'étoit pas confi-
dentiel, plus d'un, en lisant cette lettre, diroit dans
son cœur : « Comme il m'a deviné ! ! !

S'il a été si facile à ces intrigans ( comme on les
nomme ), qui ne quittent pas plus le seuil de l'administration, *que les mites* ( dit-on d'eux dans le monde )
*ne quittent le bon drap qu'elles rongent ;* s'il leur a été si
facile, disons-nous, de faire parler votre musicien, en
assurant encore, il y a quelques jours, qu'il désiroit que
*la Mort d'Adam* fût reculée, lui qui, dans le silence,
livré au travail de son cabinet, s'en reposoit bonnement
sur son tour, et ne pouvoit les démentir : quelle facilité n'auront-ils pas de faire parler aussi le poëte, qui
s'en va de confiance à la campagne pour se reposer de
ses veilles et de ses travaux, tandis qu'eux ne négligent
rien pour lui en enlever le fruit !

Revenez à Paris, mon ami, nous avons besoin d'y
être tous deux : autrement, on criera bien haut que
vous-même n'avez plus de confiance dans votre ouvrage.
On répandra que c'est rendre service au musicien, en
le faisant commencer par *Ossian* et non par *Adam*

qui lui feroit perdre sa réputation ; et ces dernières assertions, on ne les répandra pas ; elles sont toutes répandues. Et si je consentois maintenant à commencer
par *Ossian* ou les *Bardes* ( ce que je ne ferai point ),
on renouvelleroit bien vîte celles dont on avoit entouré
l'administration. *Vous voulez monter les Bardes au
Grand-Opéra*, disoit-on ; *il y a un an ? Cet opéra fut
trouvé, au théâtre Faydeau, impossible à mettre, et la
musique d'un genre bâtard et incapable de plaire au public.*
Heureusement, l'administration du Grand-Opéra savoit
le cas qu'elle devoit faire de ces assertions controuvées,
vu qu'elle n'ignoroit pas que, depuis plusieurs années,
cet opéra n'a cessé d'être redemandé par le théâtre Faydeau, qui s'en étoit dessaisi malgré lui lors des malheurs
de Sageret ; et le Grand-Opéra s'est disposé à le faire
monter après la mise d'*Adam*.

# QUATRIÈME PARTIE.

LA *Mort d'Adam*, m'écrivez - vous, ne parviendra point à être donnée. L'intrigue, que vous avez vue de très-près se former contre cet ouvrage, lui fermera la porte. Eh ! mon ami, si l'on parvient à vous ôter à vous-même toute confiance non seulement sur la musique, non seulement sur votre poëme, mais encore sur le sujet, au point de tout abandonner à l'aventure, il n'y a plus de doute que votre *tour* ne soit encore pris pour la *troisième fois*. Vous ne demandez pas, mon ami, de prendre la place du petit nombre d'auteurs qui, depuis *dix ans*, sont en possession de l'*Opéra*. Qu'il vous soit au moins permis d'y trouver la vôtre à côté d'eux. Depuis cette époque, certes, on a donné quelques bons ouvrages au théâtre des Arts ; mais cependant comment se fait-il que, malgré le zèle éclairé des différentes administrations, et notamment de celle - ci, la *place* semble n'avoir été réservée qu'à un très - petit nombre de concurrens tant *poëtes* que *musiciens*, et qui jusqu'ici sont les seuls auteurs des bons opéras nouveaux qu'on y a joués depuis douze ou quinze années ? Pourquoi *Offman* ? pourquoi *Guillard* ? pourquoi d'autres bons poëtes *lyriques* qui pourroient rivaliser ceux pour qui les *portes* se sont tenues ouvertes ; pourquoi, dis - je, *Offman* et *Guillard* n'ont-ils pas, depuis cette époque, donné chacun cinq ou six nouvelles productions qui eussent pu, avec ceux qui tiennent la place, contribuer à la gloire et au soutien de ce magnifique établissement ?

Comment se fait-il, par exemple, qu'un compositeur distingué n'ait pu, depuis environ deux ans, paroître à ce grand théâtre qu'à la moitié de l'âge, tandis qu'il avoit le même talent huit à dix ans plus tôt ? Ceci me rappelle ce que disoit *Saint-Huberti* dans le fort de sa gloire : « Ils m'applaudissent ! . . . . Ils m'ont empêché » de paroître depuis nombre d'années ; . . . . . j'avois » alors le même acquis qu'aujourd'hui, avec beaucoup » plus de forces et de moyens : . . . . ils ne jouiront pas » long-temps de mes efforts. Je ne puis faire au théâtre » ce que je pouvois y faire dès l'âge de vingt - quatre » ans ! »

Comment se fait-il que *Chérubini*, si célèbre dans toute l'Europe, et dont le talent précoce et extraordinaire est autant admiré en Allemagne qu'en Italie ; comment se fait-il que Chérubini qui a donné en France des preuves si frappantes d'un talent extrêmement convenable au *Grand-Opéra* ; comment se fait-il que ce compositeur dont l'école est si large, si pure, et à la fois si mélodieuse et si savante, ne soit point chargé par le *Grand-Opéra* même de lui composer des ouvrages ? Que doivent penser l'Allemagne et l'Italie, s'ils savent que nous possédons un tel homme, s'ils savent que nous lui laissons dépenser sa jeunesse dans l'inaction ? Il seroit par trop déshonorant pour le grand goût qui règne en

France, qu'on parvînt jamais à décourager un pareil artiste (1).

Comment se fait-il que *Méhul*, qui, depuis dix ans, parcourt une carrière si brillante ? comment se fait-il que l'auteur de *Stratonice*, d'*Euphrosine* et *Coradia*, du magnifique *final* d'*Euphrosine* et *Mélidor*, de l'opéra d'*Ariodan* ? comment se fait-il que le compositeur qui, au *Grand-Opéra* même, a fait entendre *l'opéra d'Adrien* dont on cite principalement, et avec juste raison, des chœurs si beaux et si fortement dramatiques? comment se fait-il,

---

(1) On me citera, je le sais, dans les opéras italiens et allemands qui se jouent dans toutes les cours de l'Europe, des morceaux au-dessus desquels on ne sauroit rien trouver quant au charme, à l'attrait mélodieux, à l'énergie dont ils sont empreints, et qui ont même des intentions dramatiques extrêmement senties : mais qu'on ose avancer que ces intentions théâtrales y sont plus en SAILLIES, plus fortement prononcées que dans le fameux *final* de Lodoïska de *Cherubini*; que dans le *final* célèbre des Deux journées ; que dans le chœur à l'hymen de l'opéra de Médée; que dans mille morceaux de *Grétry* ou de *Phi-lidor*; que dans plusieurs *morceaux d'ensemble* du Droit du Seigneur et de la Sapho de *Martini*; que dans *Rose* et *Colas* de *Monsigni*; que dans le magnifique quatuor de Stratonice; que dans le chœur du second acte d'Adrien ; que dans le nerveux duo du Tyran corrigé, de *Méhul*; que dans plusieurs chœurs et airs pantomimes de *Rameau* et de *Gossec*; et que même, dans un certain *final* de *Leberton*, exécuté à la comédie italienne : je le nierai; ET LES ITALIENS, MÊME LES ALLEMANDS, LE NIERONT AVEC MOI. Qu'on ajoute, pour me fermer la bouche, que ces morceaux sont à la vérité *dramatiques*, mais qu'ils n'ont pas le charme puissant du chant italien, je le nierai encore ; et les Italiens, ainsi que les Allemands, avoueront avec moi que les compositeurs de ces étonnans morceaux respiroient, en les composant, respiroient, par tous les pores, la *mélodie imitative*. L'inspiration seule les a produits.

disons-nous, qu'il soit à peine parvenu à y faire représenter deux ouvrages ? Comment ce grand compositeur
n'est-il pas chargé non plus par le théâtre des Arts lui-
même de *composer* pour ce spectacle où son talent l'appelle ?

   *Gossec* et *Martini* , tous deux découragés, n'y offrent
plus rien, et leurs ouvrages ( peut-être des chefs-d'œuvre)
sont restés dans leurs porte - feuilles. Nous avons en
France d'autres compositeurs distingués, dont les ouvrages, composés depuis nombre d'années, sont confinés
dans leurs cabinets. *Langlé* a composé plusieurs *grands
opéras* qu'il n'a pu faire représenter. Il en est de même,
de *Leberton* ; et les opéras qu'il a donnés *aux Italiens*
pourroient lui ouvrir les portes d'un plus grand théâtre.

   Je ne vous parlerai point, mon ami, d'autres compositeurs qui méritent extrêmement d'être encouragés, et,
auxquels on devroit inspirer la plus chaude, la plus active,
émulation, si nous voulons que la musique, en France,
prenne tout son essor, et use de tous ses moyens pour
rivaliser de plus en plus les écoles étrangères. Ces compositeurs ont déja donné des preuves brillantes, et certes,
ils paroissent aussi avec avantage sur nos scènes lyriques. N'ayant pas besoin de vous citer l'élégant et dramatique *Dalayrac*, ni le génie chaud et abondant de
l'auteur de *Romeo et Juliette*, du théâtre Faydeau, pour
preuves de nos richesses lyriques, je passe donc aux
autres musiciens qui peuvent aussi singulièrement les
augmenter : nous en avons des garans certains dans les
ingénieux auteurs de *Palma*, de *Paul et Virginie* des Italiens, et d'*Apel et Campaspe ;* nous les avons dans les

compositeurs de *Zulnar*, de *Fanni et Mornal*, et de plusieurs morceaux d'ensemble d'*Astyanax* et des *Horaces*.
Pour une autre scène, nous en avons encore dans les
compositeurs de l'*Amour filial*, de *Toberne*, des *Visitan-
dines*, de *Marcellin*, et du *Secret*. Je ne vous parlerai point
de l'auteur de la musique d'*Hécube* ; j'en ai parlé plus
haut. On sait de combien d'intentions dramatiques sa
musique est remplie : le soupçon d'Achille respire la verve
des plus grands maîtres.

Nous avons donc, comme vous le voyez, des garans
du *faisceau musical*, que les Français peuvent trouver
dans nombre de compositeurs connus et à talens, qui,
sans contredit, doivent avoir le pas sur ces *étudians en
art dramatique*, qui, à peine sortis des bancs, ont besoin
d'abord d'être soumis aux épreuves de leurs devanciers
sur des scènes moins élevées, avant de prétendre pousser
derrière eux les beaux talens que je viens de citer, pour
entrer (comme ils y prétendent) les premiers en lice avec
les plus grands maîtres dont j'ai parlé plus haut, et sur
une scène où ces maîtres eux-mêmes n'ont paru, pour
la plupart, qu'après les plus brillans essais, qu'après les
plus fortes garanties.

Que les jeunes *aspirans au talent du théâtre* fassent
d'abord leur noviciat : ceux qu'ils veulent devancer l'ont
fait. Qu'ils commencent donc par s'élancer dans l'arène
secondaire, où ceux avant lesquels ils voudroient marcher
ont déja fait leurs preuves ; qu'ils les surpassent, s'ils le
peuvent : alors permis à eux de franchir l'espace, et
d'aller avec orgueil s'essayer sur la grande scène où les

talens de *Cherubini*, de *Méhul*, de *Martini*, où ceux de *Grétry*, de *Leberton*, et d'autres, reconnus comme ayant fait toutes leurs preuves, devroient d'abord combattre pour leur servir d'exemple et exciter leur émulation. Je vous demande à présent si ce seroit ou ne seroit pas au profit des jouissances du public, qui ne se soucieroit guère, je crois, de voir s'essayer sur la première scène des athlètes qui n'eussent pas même appris à combattre sur les *scènes* subsidiaires? Je vous demande, en un mot, si cette marche toute naturelle et non intervertie, ne seroit pas au profit de l'orgueil national vis-à-vis des connoisseurs étrangers qui viennent ou qui viendront entendre et juger notre scène *lyrique*?

Que les *élèves en compositions théâtrales cherchent à surpasser les commençans*, que les commençans cherchent à atteindre ceux qui donnent des espérances, et qu'alors ils s'escriment déja sur des théâtres secondaires en essayant leurs forces avec ceux qui ont déja produit leurs premières preuves; rien de mieux : c'est même là qu'il faut les encourager; c'est là, s'ils montrent du génie, qu'il faut les exciter et allumer leur émulation, en leur montrant de loin la couronne qui les attend au bout de la carrière. Mais vouloir les faire *sauter* des bancs sur la scène des *Gluk* et des *Piccini*, c'est vouloir les perdre dans l'opinion, c'est vouloir étouffer leur génie dans sa naissance.

Il ne faut pas croire, mon ami, que *c'est y regarder de trop près, et que ces étrangers désespèrent encore et désespéreront toujours, quoi que l'on fasse, du goût musical en*

*Lettre en réponse à Guillard.*        D

*France*(1). C'est là, je vous le jure, la plus insigne de toutes les erreurs : toutes les anciennes assertions là-dessus sont démenties aujourd'hui par les étrangers eux-mêmes, et par leurs nouveaux écrivains qui en parlent. Les meilleurs talens de l'opéra-buffa disent par-tout qu'ils n'ont jamais entendu un chanteur plus extraordinaire, plus parfait, plus étonnant que *Garat* (*Garat* est un Français) ; que si la musique est le langage du cœur, *Laïs* est le chantre du sentiment, le peintre des moindres altérations du cœur humain ( *Laïs* est un Français ) ; que *Richer, Martin, Elleviou* ; que *Gavaudan* ; que *Solier*, et plusieurs autres maîtres de chant seroient applaudis par les Napolitains ou les Romains autant qu'ils le sont par les Parisiens ( ces chanteurs sont des Français ). Patience ! de bons élèves les imiteront. Nous avons, en outre, des amateurs dont le goût du chant ne le cède point aux Italiens ( et ces amateurs sont des Français ). Combien de chanteuses intelligentes et dramatiques on peut entendre dans nos théâtres !

Les étrangers regardent nos orchestres comme les premiers de l'Europe ; ils avouent la presque-supériorité de nos instrumens à cordes, comme de nos instrumens à

---

(1) L'Opéra français, jadis exclusivement représenté en France, est aujourd'hui joué dans toutes les grandes villes de l'Europe : en *français*, à *Pétersbourg*, à *Brunswick*, a *Hambourg*, à *Reinsberg*, etc. ; joué, *traduit*, à *Berlin*, à *Stockholm*, *Copenhague*, etc., et même dans plusieurs villes d'*Italie*. On joue dans toutes ces villes les opéras français de *Gluk, Philidor* et *Sacchini*, de *Grétry, Cherubini* et *Méhul*, de *Leberton, Martini*, d'*Alayrac, Lemoine*, et de plusieurs autres.

vent. Effectivement il seroit bien difficile, à mon sens,
de rencontrer aujourd'hui en Europe des artistes qui
pussent surpasser nos *Rodes*, nos *Creutzer*, ou nos autres
brillans violons ; la même difficulté se rencontreroit eu
égard à nos *Rumberg*, nos *Janson*, nos *Levasseur* et
nos autres excellens violoncelles. En instrumens à vent,
seroit-il plus aisé de rencontrer les égaux des *Lefebvre*,
des deux *Duvernois*, des *Dominic*, de rencontrer ceux des
*Sallentin*, des *Hugot*, des *Devienne*, des *Ozi* et des *Del-
cambre?* Et croyez-vous que cette réunion de talens ne puisse
être offerte avec orgueil à l'admiration des étrangers ?

Si nous portons nos regards sur la scène, n'avons-
nous pas encore sur celle du Grand-Opéra les plus chauds
acteurs et les plus intelligentes actrices ? N'avons-nous
pas sur celle de Faydeau une réunion de talens infiniment recommandables ? Mais arrêtons-nous un instant
sur celle du théâtre des Arts, où le talent scénique dans
toutes ses parties, où les pantomimes soignées, où
la danse portée au premier degré, où le plus magnifique
ensemble doivent encore échauffer votre verve tragique
pour de nouveaux ouvrages à produire. Dites-moi : si
vous aviez le pouvoir magique de former d'un coup de
baguette des acteurs à votre guise pour jouer avec ensemble votre opéra d'*OEdipe à Colone*, absolument comme
vous le sentez, comme le public le sent, comme les
étrangers le sentent eux-mêmes ; dites-moi, mon ami,
ne seroit-ce pas ces mêmes acteurs, ne seroit-ce pas le
jeu et la pantomime d'*Adrien* ou *Chéron*, ne seroit-ce pas
le jeu de *Lainé* et de bien d'autres du théâtre des Arts,

D 2

ne seroit-ce pas ce même *orchestre*, ne seroit-ce pas ces mêmes *chœurs*, ne seroit-ce pas ces mêmes *pantomimes*, ces mêmes *danseurs*, en un mot, CE MÊME ENSEMBLE que vous feriez sortir de votre baguette (1)? L'Opéra peut donc encore *jouer* la tragédie lyrique? Et peut-être en est-ce là la meilleure manière; celle de l'exécution simple et dénuée des ornemens de l'Opéra comique; celle du chant accentué, expressif, et réuni à tous les moyens de la pantomime tragique, toujours d'accord, toujours en parfaite *simultanéité* avec les *indications mimiques* de l'orchestre ?

Et ce seroit par ces acteurs si capables de faire ressortir les chefs-d'œuvre de *Gluk*, de *Sacchini* et de *Piccini*; ce seroit par les excellentes actrices qui les secondent si bien; ce seroit par ces talens *mimiques* portés aux derniers périodes; ce seroit par ces chœurs si d'aplomb, par ces orchestres formidables en talens du premier ordre ; ce seroit, en un mot, par cette plus belle réunion musicale qui puisse peut-être exister en Europe; qu'il faudroit (vis-à-vis des étrangers qui viennent ou viendront nous entendre pour juger à quel degré la musique qu'on fait en France pourroit être comparée à celle des Italiens

---

(1) Plusieurs acteurs du premier rang (au théâtre français) m'ont avoué à moi-même qu'*OEdipe à Colone* ne seroit pas mieux joué chez eux qu'il ne l'est au *Grand-Opéra*, et que les chants-scéniques de *Sacchini* (secondés par les vrais talens qui les jouent) montrent, pour ainsi dire, la preuve des étonnans effets de la musique, que le plus grand critique de l'antiquité, qu'Aristote place dans toutes les tragédies d'Euripide, de Sophocle et d'Eschile.

et des Allemands), qu'il faudroit, disons-nous, s'amuser
à faire maladroitement essayer les nouveaux ouvrages
d'athlètes dont aucune preuve dramatique n'eût été faite
préalablement sur d'autres scènes, et cela de préférence
aux *opéras* qu'il faut tout d'abord faire composer, ou
par Grétry, Cherubini et Méhul, ou par Martini, *Ste-*
*belth* et les autres véritables maîtres? Allons, mon ami!...
vous vous êtes trop effrayé; vous avez cru trop facilement
que la première scène lyrique, laissant ces grands maîtres,
alloit s'abandonner au premier écolier venu qui feroit
le plus de démarches, et, emploieroit le plus de subtilité
pour les motiver.... C'est impossible!... l'amour-propre
national y est trop intéressé (1).

_____

(1) L'ancien gouvernement français s'enorgueillissoit de ce brillant
théâtre vis-à-vis des cours étrangères. Les Français d'aujourd'hui, les
Français, plus amateurs que jamais des beaux-arts, et qui ont réuni
dans Paris tout ce qui autrefois faisoit entreprendre les voyages
d'Italie; les Français, disons-nous, ne voudront pas que la musique
seule perde de son ancienne splendeur; ils feront du théâtre des Arts
TOUT CE QU'IL PEUT ÊTRE : et ce beau spectacle n'avoit pas même,
dans le siècle dernier, ni les excellens machinistes, ni les *Boullet*,
ni les grands peintres de décorations qui y sont employés ou qu'on
peut y employer. Ce superbe théâtre qui possède encore de grands
*talens - scéniques*, des *acteurs - lyriques* COMÉDIENS, des chœurs
et un orchestre magnifiques, qui possède, en un mot, un corps de
pantomimes dirigé par des artistes aussi supérieurs que les *Gardel*
et les *Vestris*, doit exciter, comme par le passé, l'admiration des
étrangers, qui, en venant visiter nos tableaux, nos statues, nos bibliothèques, nos sciences et nos arts, iront encore entendre la musique
dramatique de Gluk, de Piccini, de Sacchini, et les productions nouvelles des compositeurs éprouvés qui seront chargés de travailler pour
lui. Ils diront : « L'opéra de Paris est encore le plus brillant spec-
» tacle de l'Europe. »

D 3

⦂⸱ Mais songez, mon ami, que les Français, maintenant, pourroient d'autant mieux rivaliser les étrangers
dans l'art musical, qu'ils ont encore d'autres compositeurs à opposer aux grands talens des Allemands et des
Italiens ; et cette arrière-garde, qui ne se montre point,
certes, est digne du faisceau de talens dont je viens de
vous entretenir, et soutiendroit dans l'occasion la gloire
de ce bel art. Il existe dans le monde un certain *Rose*,
qui, pendant vingt ans, fut reconnu comme le premier
maître de chapelle de France, et regardé comme l'égal
des meilleurs maîtres de chapelle de Rome et de Naples :
c'étoit du moins le jugement qu'en portoit Gluk ; c'étoit
celui qu'en portoient Piccini et Sacchini, lorsqu'ils enten-
doient *sa musique* à *grands chœurs* dans ces brillans con-
certs spirituels où ce véritable maître a, trente ou quarante fois, donné les preuves les plus éclatantes d'un
talent prodigieux pour son art : eh bien ! ce compositeur si
éminemment distingué, ce compositeur encore dans toute
la force de l'âge, ce compositeur qui peut hardiment se
mettre sur la première ligne pour enseigner les vérités
les plus occultes de la *composition musicale*, ce compositeur n'est point encore appelé aux places d'enseignement que personne mieux que lui ne sauroit occuper !...
Jugez à présent, mon ami, de ce que nous pourrions
opposer aux étrangers : ce même compositeur seroit aussi
susceptible d'être chargé de porter ses *compositions tragiques* sur la scène du Grand-Opéra, et certes il s'y
distingueroit.

On a entendu aussi au concert spirituel des scènes d'un

autre compositeur, faites pour marcher à côté des meil-
leures musiques. Il a donné des opéras, ce compositeur;
il en a composé pour le théâtre des Arts, qu'il n'a jamais pu faire représenter, quoiqu'il eût donné préalablement des preuves brillantes; et ce musicien, aussi
distingué par un talent vrai dans son art que par une
instruction peu commune, se tient à l'écart quand il
pourroit se montrer encore avec de grands avantages.
Pourquoi n'est-il plus chargé de composer aucun opéra?
Il n'est cependant point arrivé, il s'en faut, à l'âge où
nous permettons au célèbre *Monsigny* de se reposer; et
*Cambini* peut encore travailler. Vous voyez donc, mon
ami, que, quand nous le voudrons, nous ne serons pas
aussi pauvres qu'on voudroit le faire croire.

Sans oublier *Viterker*, qui a publié de bonnes sympho-
nies; sans oublier *Ladourner*, qui s'est essayé au théâtre,
n'avons-nous pas un *Playel* dont les chants vrais, com-
municatifs, dont l'harmonie pittoresque devroient lui
inspirer la hardiesse de composer pour nos scènes lyriques?
Et combien d'autres qui ont déja paru, tant sur nos scènes
comiques que sur celle du théâtre des Arts, et qui cependant ne peuvent parvenir à faire jouir le public de
leurs ouvrages, pour lesquels ils ont déja donné des
garanties?

Je vous parlerois bien d'un autre compositeur qui
ne sera pas le dernier à honorer son art, si le délaisse-
ment et les chagrins le laissent vivre, et s'il parvient à
faire représenter ses opéras. Ses ouvrages, je vous en
réponds, SONT DES OUVRAGES; ses preuves ont été faites

chez l'étranger, dans plusieurs places de maître de chapelle en France qu'il remporta au concours, et notamment sur le théâtre de la comédie italienne. On se rappelle bien des pleurs qui mouilloient tous les yeux lorsqu'on entendoit le sublime morceau romantique de *Vascos* dans la prison ; on se souvient du froid frémissement qui gagnoit tous les cœurs à l'impression du *final* du second acte du même opéra, intitulé *Arabelle* et *Vascos* : mais je ne puis vous dire quant à présent tout ce que son opéra de *Macbeth* pourra prouver ; je ne puis vous dire jusqu'à quel point ce compositeur français peut honorer notre école et se montrer digne d'en être une des fortes colonnes. Si je ne connoissois pas son opéra de *Macbeth*, j'éprouverois plus que de l'étonnement à sa première représentation, sur-tout si j'y apprenois que l'auteur de cet ouvrage, que MARC attend depuis huit à neuf ans. Voilà, mon ami, pour l'école française, une richesse de plus qu'on ne soupçonne même pas, vu l'oubli trop marqué dans lequel on laisse ce véritable talent.

Il existe aussi, mon cher Guillard, un certain maître de chapelle, de Chartres (votre propre pays), dont les preuves depuis vingt ans sont faites avec supériorité et sans tâtonnement. Ses compositions peuvent concourir avec celles du plus hardi *contre-pointiste*, et rivaliser de *mélodie*, de *facture musicale*, d'*élégance d'orchestre*, d'*intentions pittoresques* et *dramatiques*, avec plusieurs de nos compositeurs très-distingués : il fut l'un des maîtres de chapelle destinés à me remplacer à la métropole de Paris. Beaucoup de théâtres des départemens sont remplis de ses nombreux élèves, et beaucoup de musiciens à Paris lui doivent leurs talens.

Durant les malheurs de la révolution, pouvant hardiment prétendre à une place d'harmonie, ce compositeur (*Desvignes*) se présenta modestement à un simple concours de maîtres de solfège, sans autre recommandation que ses partitions : sur leur examen, il fut reçu d'une voix unanime par le jury, qui ne le connoissoit point. Il occupa cette place l'espace de trois ans, sans s'être jamais exposé à aucun reproche. Mais une suppression à faire dans le nombre des professeurs arrive ; et celui à qui l'art musical doit de nombreux élèves, ainsi que nous venons de le dire, celui qu'on devroit aussi faire travailler pour augmenter les richesses musicales de nos principales scènes lyriques ; ce compositeur, dis-je, dont le talent véritable a été prouvé par ses musiques exécutées à grand orchestre dans les principales cathédrales, eut le malheur, DANS LES ARRANGEMENS D'ALORS, malgré les regrets les plus marqués de tous ses confrères, qui représentèrent, avec autant de chaleur que de justice, combien celui que l'on pouvoit porter sans crainte aux premières classes d'harmonie, étoit aussi en état qu'aucun autre d'enseigner la solfège, eut le malheur, disons-nous, d'être la victime du *babil* influent de certaines personnes sans expérience, qui, jetées en avant pour l'éviction projetée de *Desvignes*, eussent mieux fait (vu l'importance qu'on veut bien leur supposer), de se réunir aux nombreux artistes qui défendoient le *maître* dont je vous parle, que de profiter de cette *prétendue* et *circonstancielle* IMPORTANCE pour oser s'opposer à son maintien.

Elles eussent dû, au contraire, lui savoir bon gré de ne les avoir point appelées dès les premiers temps dans l'arène, afin de concourir avec lui pour la place même qu'elles occupent, sans les preuves préalables que DESVIGNES a données soixante fois depuis vingt ans dans ses productions musicales, singulièrement approuvées par les plus grands maîtres. Eh bien! mon ami, ce compositeur estimable en est encore à faire la première démarche pour que l'erreur commise à son égard soit réparée, ou obtenir une place digne de son mérite. Sans doute tous les professeurs de solfège conservés méritent leur place, et ils doivent y rester. Mais qui fera dire que Desvignes (compositeur éprouvé) ne méritoit pas la sienne, qu'il n'existoit alors aucun moyen de le conserver, et que depuis il n'en a point existé de le rappeler à sa MODESTE place?........ Je ne vous eus point parlé de ceci, si la chose eût tenu à ce que (dans certaines circonstances) il faut taire. Mais la chose a été publique et notoire parmi la grande généralité des artistes : elle y a été sue d'elle-même, et publiée exactement avec les circonstances dont je viens de vous parler; il se peut même qu'en cela je ne vous aie rien appris.........; vous n'en apercevrez pas moins qu'il faudroit pourtant éviter tout ce qui pourroit jeter le découragement dans les arts.

Cependant, quoiqu'il ne soit plus dans sa place, Desvignes n'en a pas moins conservé sa réputation

parmi les artistes : son talent est connu et apprécié par
la plupart des musiciens; et celui-là , mon ami , n'est
pas non plus un écolier. Qu'on emploie son génie, qu'on
le fasse travailler, sur-tout pour notre scène comique ,
et il augmentera le nombre des athlètes capables de
prouver que les Français ne manquent pas de bons
compositeurs, et qu'il ne s'agit que de mettre en œuvre
leurs talens distingués. Lui et les auteurs dont je viens
de parler pourroient prouver, sans réplique, qu'outre
ceux qui tiennent la scène, on pourroit en trouver encore qui présenteroient un surcroît de forces pour rivaliser les écoles allemandes et italiennes.

Ne vous découragez point, mon ami ; nos scènes lyriques ne tomberont point, ou ne finiront point, comme
vous le craignez , par être abandonnées à ceux qui im-
portuneroient le plus, n'importent leurs preuves et leurs
talens.

# CINQUIÈME PARTIE.

OUTRE l'importante arrière-garde dont je viens de vous entretenir, il se forme et se formera des élèves dignes de remplacer leurs maîtres : il ne s'agit pour cela que de rendre complète l'*éducation musicale*, en joignant des *maîtres de littérature* aux excellens maîtres de l'art qui sont maintenant employés. Expliquons-nous.

Il est incontestable que le jeune élève de la musique ne sait encore rien lorsqu'il n'a acquis que les connoissances mécaniques de l'*exécution* et de la *composition musicale*; il lui faut en outre les documens du *grammairien*, du *poëte*, du *pantomime*, du *philosophe*. Il faut qu'il s'arrête sur-tout sur l'étude de la *poésie*; car, comment saura-t-il *mouvementer* la langue ou la poésie d'une tragédie lyrique, ou d'un opéra d'un autre genre? Comment saura-t-il la *prosodier*, *l'accentuer*, *l'organiser*, et lui prêter une nouvelle vie, s'il ignore la *grammaire* et le *mécanisme* de la poésie? Cette étude toute particulière est tellement une des parties intégrantes de l'étude de la *composition musicale*, qu'elle est aussi nécessaire à l'élève compositeur de MUSIQUE VOCALE que l'étude de l'anatomie est nécessaire à l'élève de *peinture*. Arrêtons-nous un instant sur cette matière : je vous ramenerai ensuite au principal sujet de ma lettre.

Osera-t-on nier que les élèves-compositeurs ( sans en excepter les élèves-chanteurs et symphonistes , dont la fonction continuelle sera un jour d'être les interprètes fidèles des passions et de toutes les images dans leur exécution ) , osera-t-on nier , disons-nous , que les élèves - compositeurs , et sur-tout les élèves - compositeurs en MUSIQUE VOCALE, doivent se mettre dans le cas , non seulement de connoître les secrets les plus profonds de leur art, mais encore de montrer dans leurs productions musicales un esprit cultivé et un grand nombre de connoissances acquises ? Avant donc de penser même à s'essayer sur les moindres scènes lyriques , et à plus forte raison sur le premier théâtre du monde , il faut qu'à l'étude de la *composition vocale* ils joignent celle de l'*histoire*, de la *mythologie*, de la *poésie*, de l'*éloquence*, de la *philosophie*, et qu'ils se familiarisent de bonne heure avec beaucoup d'autres connoissances qui servent à perfectionner l'homme de lettres, le peintre et le musicien.

En effet, comment l'élève qui veut parvenir à remplir son état avec distinction, ignoreroit-il aucune de ces choses si essentielles à son art ? Dans la supposition où il les ignoreroit, comment entreroit-il dans le sens des rôles de *Didon*, d'*Hélène* ou d'*OEdipe* ? Comment rendroit-il, comment exprimeroit-il ceux d'*Iphigénie*, d'*Achille* ou d'*Oreste* ? Comment peindroit-il *Alceste*, *Cinna*, *Britannicus* ? Comment représenteroit-il tous les personnages de la fable et de l'histoire, si l'étude de l'histoire et de la mythologie ne lui a fait connoître les mœurs, les âges, les pays, les caractères des différens person-

nages qu'il aura à faire parler dans sa musique vocale?
Comment imprimera-t-il à chaque chose les bienséances
requises? Comment aura-t-il égard aux *localités*, aux
convenances de chaque peuple et de chaque siècle?

Comment connoîtra-t-il l'art de séduire, d'émouvoir,
d'attendrir, si l'étude de la morale ne lui a découvert
les mystères des sentimens et des passions qui meuvent
le cœur humain? Et comment mettra-t-il en jeu tous
les ressorts de son art qui peuvent porter dans l'ame
de son auditeur tout ce qu'il a à exprimer, si l'étude la
plus profonde de ce qui, dans son art, fera naître telle
ou telle sensation, ne l'a mis à même de toujours choisir
d'une manière sûre les côtés privilégiés de cet art, qui
sont les plus aptes à exprimer telle ou telle face de
l'*objet* qu'il se propose de peindre, de faire sentir et de
faire reconnoître?

Comment parviendra-t-il à peindre toutes les pensées
du poëte sans que son chant ou son orchestre mente
jamais à ces pensées? Comment parviendra-t-il à exprimer jusqu'aux moindres altérations des mouvemens de
l'ame, si des études approfondies et une méditation
continuelle ne lui font connoître l'*homme* tel qu'il est?
Comment observera-t-il la *prosodie poétique*? Comment
saisira-t-il à temps l'*accent oratoire*? Comment aura-t-il
égard à l'*accent logique*? Comment observera-t-il la
marche des phrases? Comment saura-t-il *ménager*, *filer*
et *terminer* une période comme dans un discours har-
monieux et bien ordonné, si le maître de *grammaire*,
si le maître de *poésie lyrique*, si le *rhéteur* ne lui ont

donné leurs documens? Encore faut-il supposer que ces
maîtres seront musiciens, ou du moins auront un senti-
timent délicat de la musique, pour savoir parfaitement
enseigner quels sont les rapports certains et les analogies
véritables qui existent entre l'art musical et les arts
adjacens qu'ils enseigneroient, et montrer nettement
à l'*élève* quels sont tous les points par lesquels ces différens arts se touchent.

Comment l'élève-compositeur calculera-t-il le degré
de force qu'il devra donner à tel ou tel rôle, à tel ou
tel caractère, à tel ou tel mouvement des passions, si
on jugement et son goût ne sont formés par l'*éloquence*,
et si d'ailleurs il ne connoît parfaitement *sa langue* ?

On dira en vain que l'usage et la raison suppléent
à ce qui peut lui manquer d'ailleurs ; ce ne sera, tout
au plus, que dans l'élève compositeur qui sera né avec
d'heureuses dispositions et un germe de talent décidé.
Mais combien l'application à des connoissances relatives
à son art eussent singulièrement contribué à le rendre
plus parfait! C'est par ce fonds d'instruction que *Palestrina,*
*Lulli* et *Pergolèse*, que *Rameau, Hasse* et *Hendel* avoient
acquis les moyens de surpasser les compositeurs qui les
avoient devancés ; c'est à ce fonds d'études assidues dès
la jeunesse, que *Gluck* et *Piccini* ont dû leurs talens
supérieurs, qui ont acquis tant de gloire à notre Théâtre
Lyrique, et aux pays qui les ont vu naître. On peut
dire la même chose du fameux *Durante*, du célèbre
*Jomelli*, et d'un très-grand compositeur de nos jours,
*Hayden*. Combien de compositeurs vivans je nommerois
encore, si je ne respectois leur modestie!

Pourroit-on croire que ces études, si essentiellement nécessaires à l'élève-compositeur, pussent nuire à l'élève-chanteur ou à l'élève-symphoniste ? Qu'on se désabuse : le *chanteur* doit exprimer les sentimens et les passions des héros qu'il représente sur la scène, et le symphoniste, dans l'orchestre, doit l'aider en peignant les images. Si *la vocale* est la partie poétique de la musique, l'*orchestre* en est la partie pittoresque. Le même génie qui a animé le compositeur, doit donc animer à leur tour, non seulement les *chanteurs*, les *acteurs*, mais encore les symphonistes dans leur *exécution*.

Dans la peinture, le peintre fait tout. Il compose et exécute lui-même. Son tableau fini, il n'a plus qu'à le montrer. Il n'en est pas de même du compositeur ; sa composition faite, il a besoin maintenant, pour faire connoître son ouvrage, de faire passer son génie dans les musiciens qui l'exécutent : c'est donc aux symphonistes comme aux chanteurs, ou acteurs, de se saisir du même esprit qui a animé le compositeur pendant sa composition, et de sentir maintenant jusqu'aux moindres nuances des passions et des images, pour en transmettre l'expression à l'auditeur.

Ce génie de l'exécution demande dans les *exécutans* non seulement l'habileté avec laquelle on exécute sa partie, mais encore la prompte et chaude intelligence avec laquelle le symphoniste habile sent vivement et avec la rapidité d'un coup d'œil le caractère particulier de chaque chose, et sa liaison avec le *tout*. Et ce n'est pas une petite chose que de saisir avec promptitude le génie, le *style* et le *caractère* de telle ou telle musique qui anime et vivifie telle ou telle tragédie lyrique dont le théâtre des Arts s'est enrichi depuis vingt-cinq ou trente ans. Qu'on réfléchisse un instant à ce que c'est qu'une *simultanéité* d'action qui s'y rencontre très-souvent entre les *acteurs*, les chœurs, les pantomimes et l'orchestre ; qu'on réfléchisse qu'un seul *point* hors de mesure dans le *rhythme* et le mouvement commun détruiroit toute la magie, et feroit évanouir le prestige, *tant le jugement de l'oreille est le plus exigeant de tous !...* Combien ce tact *fin*, combien ce génie de l'ensemble ne doit-il pas présider aux talens d'un chef d'orchestre ! Il est le moteur de toute l'action musicale ; c'est à lui de *guider*, *retenir* ou *animer* l'ENSEMBLE GÉNÉRAL ; c'est à lui, par une *certaine adresse de mouvement* qui en imprime fortement le *rhythme* et le caractère dans toutes les oreilles, de faire sentir où la phrase commence, où la phrase se développe, et où la phrase finit ; c'est à lui de faire éprouver ce sentiment d'ordre périodique d'où découlent les plus grandes jouissances procurées par la musique.

Si vous me répondez, mon ami, que ceci est prouvé depuis vingt-cinq ans au théâtre des Arts par l'homme même qui, aux excellentes traditions (de Gluck, de Sacchini et de Piccini, desquels il les tient,) joint la science de la *composition*, et des preuves qu'on ne peut démentir ; je vous dirai, à mon tour, que *Sacchini* qui avoit la plus grande confiance dans cet artiste, et des lumières duquel il faisoit assez de cas pour le consulter,

*Lettre en réponse à Guillard.* E

lui appliquoit justement ce que je viens de vous rap-
porter des talens nécessaires à *un chef d'orchestre.* Il
sera difficile, mon ami, de remplacer cet intelligent
maître de musique, de remplacer Ray : son art est un
art d'expérience qu'il faut avoir long-temps exercé, pour
le posséder au même point. Il ne sera pas plus aisé
de remplacer l'expérience et les traditions dramatiques
de plusieurs maîtres du chœur ; il en est même parmi
eux qui peuvent d'autant mieux sentir une *partition,*
qu'ils en ont composé eux-mêmes.

Puisque la musique doit avoir, comme le discours,
ses repos, ses demi-repos, ses points, ses virgules ; c'est
encore à ces chefs d'orchestres, c'est aussi aux premiers
violons, c'est aux chefs de chaque partie de l'ENSEMBLE,
à faire sentir toutes ces choses ; c'est à eux de faire
passer leur chaleur dans tous les symphonistes qui con-
certent ou accompagnent avec eux. Enfin, c'est à l'universalité des concertans à observer à propos les différentes
modifications de l'*accent musical* ; c'est à eux tous de
phraser avec exactitude, soit qu'ils saisissent, au moment précis, les instans d'une passion calme ou d'une
passion animée, soit qu'ils concourent à l'expression
d'un sentiment de mélancolie ou de joie brillante, soit
qu'ils peignent la douleur des tombeaux que les chan-
teurs-acteurs expriment sur le théâtre, soit qu'ils observent et fassent sentir, par une certaine adresse de
*jeu* qui se communique à tout l'ensemble, l'*unité musicale* qui règne à la fois, et dans toutes les parties de
la scène, et dans toutes celles de l'orchestre ; soit qu'ils

observent, en un mot, avec esprit et sentiment, toutes les nuances délicates du *pianissimo* au *forte*, et de celui-ci à celui-là.

Nous avons donc raison de croire, mon ami, que l'élève-symphoniste doit s'instruire comme l'élève-chanteur, et que celui-ci doit l'être autant que l'élève-compositeur. Encore quelques additions dans l'*éducation musicale* ! Encore quelques *maîtres de littérature*, sans lesquels cette éducation ( au moins pour l'*élève-compositeur* de *musique vocale* ) ne sauroit être parfaite ! Encore quelques maîtres de *grammaire*, de *poésie-lyrique* et de *rhétorique*, puisque l'étude sérieuse de ces arts est incontestablement, comme nous l'avons dit, aussi nécessaire à l'étude de la *composition vocale* et *dramatique*, que celle de l'anatomie l'est à la *peinture* ! Encore quelques-uns de ces maîtres, disons-nous, joints aux professeurs du premier ordre, et à l'excellent maître de déclamation que le *Conservatoire de musique* possède ! C'est seulement alors que celui à qui le Conservatoire doit déja tant, que celui dont la vue active et pénétrante sait toujours et dans les mêmes instans, se porter à la fois sur tous les points de son organisation intérieure, que celui à qui l'amour pour l'art a communiqué une chaleur assez constante pour le rendre, au nom de tous, vainqueur de toutes les difficultés dont il tiroit même une nouvelle force ; c'est seulement alors, disons-nous, que celui-là verra s'achever son ouvrage (1).

_____

(1) On diroit en vain que les élèves musiciens, et principalement

E 2

La nouvelle éducation des musiciens, dans le Conservatoire, a certes, pour la *partie musicale*, remplacé

les élèves en *composition-vocale*, iroient former leur éducation inhérente à l'art, leur ÉDUCATION-LITTÉRAIRE hors du Conservatoire et dans les écoles centrales ; que là ils recevroient les documens poétiques, et, de l'enseignement grammatical ou des leçons du rhétoricien, ce qui est le plus en rapport avec la *musique vocale* ou *la musique à paroles*, de manière à ne laisser rien à desirer, et cela en apportant un simple *certificat* de grammaire.

Dans quelle nuit on a pu voir encore plusieurs porteurs de ces certificats de grammaire, eu égard aux points de contact et aux liens étroits par lesquels la langue parlée touche et tient à la langue chantée !..... On diroit vainement que ces deux sortes d'instruction ( la littéraire et la musicale ) sont trop INCOHÉRENTES pour être données en même temps et dans le même édifice. Ces assertions, si dénuées de sens, ne mériteroient pas qu'on y repondît vis-à-vis de gens éclairés, si elles n'étoient pas susceptibles de se faire des prosélytes chez certaines personnes qui, à la vérité, se prétendent très-influentes près des *bureaux* et des *autorités* : mais ces bureaux, mais ces autorités, ne peuvent, comme eux, réfléchir légèrement sur l'importante utilité de ces objets : du moins, je le crois..... Au surplus, développons notre pensée.

Je dois donc dire ( tout en rendant hommage aux professeurs éclairés des écoles centrales, dont les gens instruits savent apprécier les grands talens,) qu'IL N'EST PAS VRAI que l'étude de la COMPOSITION VOCALE ET DRAMATIQUE doive se séparer en aucune manière de l'étude de la POÉSIE, de la GRAMMAIRE, de l'ART DE BIEN PARLER UNE LANGUE qu'on doit CHANTER OU FAIRE CHANTER : je dois dire que ces deux sortes d'enseignemens ( ceux de la poésie et de la musique vocale, qui sont les deux espèces appartenantes à un seul et même genre ), dans tous les cas, n'en doivent faire qu'UN pour l'élève-musicien-compositeur-dramatique ; je dois dire qu'il est nécessaire, qu'il est indispensable même que cet élève se nourrisse à la fois et de bonne heure ( *dans le même édifice et dans le même lieu*, ) des documens des *professeurs de littérature*, et des documens

au centuple dans Paris, l'éducation qu'ils recevoient dans les églises. Mais les églises de Paris, mais toutes

---

des *professeurs de composition vocale*, si l'on veut que les diverses branches, les différentes portions de son art, (qui ne sont que les membres d'un même corps,) lui soient enseignées avec une telle COHÉRENCE, que, se soutenant l'une par l'autre, il les voie du premier coup-d'œil réduites à un seul et même principe ; je dois dire que l'étude littéraire, et l'étude de la langue dont se sert le poëte, qui est la même que celle dont se sert le *musicien - vocal* en l'unissant à la sienne, doivent être aussi inhérentes à l'étude de la musique composée sur des paroles, de la musique faite pour être chantée, que l'étude de la *composition-poétique* dans le grand art du peintre est inhérente à l'étude du *coloris*, du *dessin*, de la *disposition* des groupes, pour rendre ses *tableaux* parfaits. Qui dit *peinture*, dit l'art de *peindre* avec des *traits* et des *couleurs* ; qui dit *poésie*, dit l'art de faire bien parler la langue en vers; qui dit *musique-vocale*, dit l'art de faire bien parler les vers en *chant*, l'art de *prononcer*, de faire ressortir leur caractère, leurs pensées, leurs sentimens ; l'art de relever leur coloris ; l'art d'en faire sentir le sens, l'accent, la prosodie, l'art, en un mot, de donner un nouveau lustre, une nouvelle force, une nouvelle énergie, aussi bien qu'une nouvelle clarté à la *disposition* de l'ouvrage du poëte..... Qu'en dites-vous ?.... L'élève-musicien-chanteur, l'élève-musicien-compositeur de musique - vocale et dramatique, qu'on auroit négligé de rendre *poëtes* dans leur art, auroient-ils ou n'auroient-ils pas un jour raison de regretter amère-ment de ne point avoir reçu les nécessaires documens de la poésie, et les leçons de l'éloquence ? Sans ÉLOQUENCE dans son art, sans POÉSIE dans son art, plus de mélodies entraînantes et communicatives, plus d'harmonies pittoresques, puissantes et imitatives !.....

Il seroit aussi déraisonnable d'avancer que l'élève qui apprend à *chanter* la POÉSIE (la langue des dieux, comme l'appeloient les anciens), ou à composer le chant de cette poésie, pût se faire instruire de celle-ci dans des écoles séparées, dont l'enseignement, embrassant de plus grandes vues, ne s'arrête point à l'*union particulière* de la musique à l'art des vers, et qu'il pût en même temps recevoir avec

E 3.

les cathédrales de France donnoient aux jeunes musiciens ( outre les maîtres de musique ) des maîtres de

---

fruit, dans un autre lieu ( au Conservatoire ) , les documens du mécanisme du *chant* et de la *composition*, les documens du mécanisme de
la *musique-vocale* et *dramatique*, sans l'application claire et limpide
des *cohérences* de son art avec la *grammaire*, la *poésie*, l'*éloquence*,
avec l'histoire et la mythologie, sans les connoissances desquelles il
mentira à chaque pas dans les caractères et l'expression des musiques
dont il revêtira un jour la tragédie-lyrique : il seroit aussi déraisonnable, disons-nous, de croire que cette marche dans l'éducation des
musiciens pût jamais devenir utile et efficace , qu'il le seroit d'avancer
qu'il pourroit apprendre, dans une *école* de Paris, la musique-vocale,
selon de certains principes; dans une autre *école*, l'harmonie par des
règles différentes et fondées sur d'autres bases ; dans un troisième
*collége*, la *composition-musicale* avec un enseignement incohérent par
rapport aux deux premiers, et de s'imaginer avec cela que cet élève,
non seulement sera capable de digérer ( de lui-même ) cette foule de
principes différens qu'il aura reçus à droite et à gauche , mais encore
qu'il pourra ( sans aide et sans secours ) les réduire dans un seul et
même POINT.

Vouloir qu'on apprenne à mettre en musique ou la *tragédie-lyrique*
ou la comédie-lyrique, sans recevoir à la fois les documens du *grammairien*, les documens du *poëte*, les documens du *rhéteur*; ( car si
l'*éloquence* est l'art d'émouvoir, d'attendrir, qui dira que la musique
ne doive point avoir le même but ? ) vouloir, disons-nous, qu'on
apprenne à mettre en musique la tragédie-lyrique sans ces documens,
sans ceux de l'*historien* ou du *mythologue*, sans, en un mot, des professeurs de *littérature* qui, dans le Conservatoire, puissent souvent,
par leurs explications, donner lieu à reconnoître quels sont les rapports
intimes entre *la musique* et sa compagne qu'elle *chante* ou *fait chanter;*
vouloir enfin qu'il soit possible de se passer de ces professeurs éclairés,
qui sur-le-champ feroient dans les *classes littéraires* d'élèves en composition, les applications des principes de la *grammaire*, de la *poésie*,
de l'*éloquence*, aux principes *musicaux :* c'est comme si l'on vouloit qu'il

*grammaire*, de *langues anciennes* et de *poésie*; et l'étude
de la *langue parlée* marchoit de front avec celle de la

---

fût possible d'apprendre à faire des vers, à composer de la poésie
dans une langue qu'on ignore.

Jamais les véritables élèves de la musique, jamais ces élèves remplis du feu de l'émulation, et qui sentent déja les élans précurseurs
du génie, ne feront d'efficaces progrès que lorsqu'ils apprendront dans
le MÊME LOCAL, dans le MÊME ÉDIFICE (où les lumières pourront
facilement se communiquer d'une classe à l'autre), que lorsqu'ils apprendront, disons-nous, et *la musique* et la *littérature* à la fois, et
que ces deux sortes d'enseignemens les éclaircront de concert et en
même temps l'une par l'autre. L'élève de génie, ayant l'imagination
remplie des démonstrations lucides de l'homme de lettres, du grammairien, appliquées à l'union de la poésie et de la musique, saisiroit
ensuite avec bien plus de rapidité celles des poëtes et des compositeurs, appliquées à l'union de la musique et de la poésie.

Que l'élève laborieux se mette au travail en sortant de ces lumineuses leçons; il sera étonné lui-même de toutes les difficultés ap-
planies devant lui, et ses maîtres le seront de ses progrès. Son art,
sous sa plume, ne sera plus un *mécanisme* froid que le manque de
littérature lui feroit croire d'autant plus IMPORTANT, qu'il en rendroit
l'harmonie plus COMPLIQUÉE ou plus INEXTRICABLE. Il le sentira, au
contraire, s'élever par sa simplicité même, par sa clarté à la fois
naïve, forte et vraie, jusqu'à la dignité de LA PEINTURE, de LA
POÉSIE, de l'ÉLOQUENCE : il deviendra lui-même poëte dans son art,
en ayant sans cesse égard à ce que la musique ne couvre ou n'offusque
jamais les paroles de l'auteur du poëme, et en écrivant son orchestre
de manière que la musique ressorte au contraire par la poésie, et la
poésie par la musique. Il ne verra plus *des notes* dans son art; il y
verra des signes représentatifs d'une langue dont il n'avoit pas même
soupçonné le charme entraînant, l'énergie, la puissance. Il commen-
cera à ajouter foi à ce qu'il lit chez les plus sages écrivains de l'antiquité, qui lui disent « que la musique, sans les moyens littéraires et
» poétiques, est bien encore quelque chose de très-beau, mais qu'elle
» ne devient un *art étonnant par sa puissance sur nos affections*,

E 4

*langue chantée* : persuadé qu'on étoit que pour bien *chanter*
une langue, il faut savoir la parler comme le poëte,

---

» qu'en s'étayant de sa sœur éloquente, LA POÉSIE : ( *Musicœ partes*
» *sunt, cantus, harmonia, rhythmus, poesis.* ) »

Que seroit-ce donc si, lorsqu'arrivé au dernier période de ses études
en *composition-vocale*, l'élève pouvoit souvent, et *dans la même
classe*, recevoir à la fois les documens du professeur de poésie et
ceux du professeur de *composition-musicale*, qui, tous deux appuyant
conjointement leurs démonstrations les unes par les autres, lui feroient
sentir clairement la véritable analogie de ces deux arts, qui, par
leur *union étroite* et leur *marche du même pas*, pourroient parvenir
jusqu'à enfanter des prodiges ? C'est là que toutes les vérités dou-
bleroient pour lui de force ; et l'UNE de ces classes ou de ces leçons
MIXTES lui en vaudroit cent de celles qu'il prendroit séparément au
Conservatoire, ou de celles qu'il iroit prendre, hors de cet établissement, à l'école centrale, où le but et l'intention des excellens maîtres
qui y professent, est bien de montrer les *liens généraux* qui unissent
les arts entre eux, mais non pas de s'arrêter ( pour quelques élèves
du Conservatoire qui se trouveroient dans leur classe ) à des démonstrations particulières sur l'*union-intime* de la musique et de la poésie.

Sans doute, il faudroit aux élèves du Conservatoire les meilleurs
maîtres de littérature des écoles centrales ! . . . . . . . Pourquoi le
Conservatoire n'espéreroit-il pas obtenir dans son sein l'érection de
QUATRE OU CINQ CHAIRES DE LITTÉRATURE, dignes de ces grands
professeurs, et susceptibles de leur être offertes. Sans doute l'entrée
dans cet intéressant établissement doit être fermée à la médiocrité
littéraire, autant qu'à la médiocrité musicale ;.... sans doute, il y
faut porter tous ses soins dans chaque partie de l'enseignement de la
littérature, sans cependant y négliger aucune des parties de la musique ;..... sans doute, IL Y FAUT FAIRE CECI, SANS NÉGLIGER CELA
( *hæc oportet facere, et illa non omittere*). Pourquoi l'art-musical, et
qui tient de si près à la poésie, n'y seroit-il pas enseigné DANS SON
ENTIER ? Pourquoi l'élève de cet art n'y apprendroit-il pas TOUT ce
QU'IL FAUT ? Pourquoi ne l'y apprendroit-il pas COMME IL FAUT ? en
réunissant ces deux parties, il n'apprendroit QUE CE QU'IL FAUT ? Soit

comme le grammairien , comme le rhéteur. *Et cette persuasion ne me semble pas aussi déraisonnable qu'on*

---

dans l'*Institut* où tant de grands maîtres se trouvent réunis ; soit dans les écoles-centrales où chaque jour les professeurs montrent de si grandes preuves ; soit dans les autres sociétés savantes ou littéraires, dans lesquelles le génie se déploie avec force ; soit ailleurs , à Paris, ou dans tous les points de cette France qui ne forme, pour ainsi dire , qu'une seule et même UNIVERSITÉ , on trouvera de reste , et grandement de reste , de quoi remplir ce but. Il n'est pas vrai que tous nos grands maîtres en littérature soient disparus : ..... ce n'est pas dans un pays comme le nôtre qu'il est possible de croire qu'il faille de grands efforts pour faire arriver *la musique dramatique* et les beaux arts jusqu'où ils peuvent aller..... Les Français desirent-ils que chez eux cet art si puissant sur nos affections parvienne presque subitement jusqu'à dépasser peut-être la splendeur de *son antique union avec la* POÉSIE *et l'*ÉLOQUENCE ? — oui.... Prenons-en donc les moyens : ce n'est pas dans le siècle qui s'ouvre qu'ils pourroient être refusés pour rendre enfin complète l'éducation-musicale du Conservatoire , sans même rien changer à son organisation actuelle.

Les savans, les poëtes , les littérateurs , en acquérant dans les colléges les talens auxquels ils se destinoient , recevoient en même temps et dans le *même lieu* toutes les connoissances adjacentes à n'importe quelle branche de littérature dont ils pourroient un jour faire leur talent principal. Le jeune poëte , par exemple , ou l'élève qui se sentoit destiné à embrasser un jour cette brillante partie de la littérature, y recevoit, avec les explications lumineuses des ouvrages des plus grands poëtes , les documens préalables sur la *grammaire ,* sur les *langues ;* il y entendoit les explications des meilleurs prosateurs, celles des rhéteurs les plus fameux ; il y entendoit les explications de l'histoire , de la mythologie ; il y recevoit les leçons du rhétoricien, du logicien , du philosophe : il y acquéroit, en un mot, toutes les connoissances littéraires qui pouvoient avoir une *cohérence-étroite* avec le grand art de la poésie. La musique , au Conservatoire , est encore dénuée de ces secours aussi nécessaires à l'auteur du *chant* qu'à l'auteur du *poëme.* Les cathédrales seules (comme nous le disons

*voudroit le faire croire.....* Au surplus , j'en partagerois
la honte avec Gluk qui avoit la bonhomie de tenir à

---

dans le texte ) donnoient une partie de cette éducation - littéraire ;
sur-tout au musicien qui se destinoit à la composition de la *musique-vocale* : pourquoi le Conservatoire , qui a donné une si grande
et si nécessaire extension aux diverses branches de la musique ,
n'auroit - il pas aussi la faculté de donner au moins les documens
littéraires que le jeune compositeur recevoit dans les églises ? Qu'il
acquiere dans le conservatoire la connoissance de toutes les branches de la musique : BIEN ! Mais aussi il faut qu'il y apprenne à
savoir rendre toutes ces BRANCHES de la musique-vocale inhérentes
à leur véritable TRONC , LA POÉSIE , sans laquelle cette musique-
vocale ne sauroit réellement se montrer telle qu'elle doit être.

Ce que vous demandez , dira-t-on , n'a point d'exemple dans les
anciennes éducations-musicales ( si ce n'est dans les églises). Ce ne
sont pas ceux qui possèdent bien *l'antiquité* , qui ont pu avancer
une telle assertion et qui la soutiendroient encore. Ils savent trop
bien que dans Athènes les écoles publiques de musique réunissoient
à la fois les maîtres de la musique, les maîtres d'éloquence, avec les
grammairiens et les poëtes, qui enseignoient les plus secrets liens
du chant , de la mélodie , de la mélopée , de l'harmonie et du
rhythme , avec la langue poétique. Les antiques *écoles* de la savante
Égypte enseignoient aussi à la fois, et dans les mêmes édifices, la
musique et la poésie qu'elles regardoient comme inséparables. Les
historiens nous rapportent la même chose de ces fameux colléges
des Bardes - antiques, situés sur tous les points de l'ancienne Gaule.
Les *écoles chinoises* ont été depuis quatre mille ans et sont encore
organisées sur les mêmes principes. . . . Pourquoi le pays éclairé
où nous vivons seroit-il le dernier à reconnoître cet imposant con-
sentement de tous les peuples qui, pour la plupart, ont senti d'eux-
mêmes et sans se l'être communiqué, que l'éducation musicale devoit
être absolument inséparable de l'éducation poétique ?

Je sais que beaucoup de compositeurs actuels ont appris d'eux-
mêmes toutes ces choses, et que leur *instruction - littéraire* n'en est
pas moins prouvée dans leurs excellens ouvrages dramatiques ; mais

cette persuasion, et d'en parler sans cesse. Cette partie
de l'éducation que je crois si nécessaire, sur-tout pour

---

parce qu'il s'en est trouvé d'heureusement nés, et que *la nature* a
forcés à s'instruire d'eux-mêmes, auroit-on par-là la garantie bien
certaine qu'il ne faut pas *aider* cette nature, et qu'elle continuera,
sans secours, de faire les mêmes efforts ? . . .

. Qu'il y ait des écoles d'architecture, des écoles de sculpture, des
écoles de peinture sans être annexées dans *le même lieu* à des écoles
de *grammaire* et de *prosodie*, qui ne sont nécessaires à l'élève-archi-
tecte, à l'élève-sculpteur ou à l'élève-peintre, que comme des connoissances d'ornement et indispensables à tout artiste cultivé : . . .
je suis de cet avis, et je n'oppose rien à cette objection mise si
souvent en avant pour lui comparer l'école de musique. . . . Mais
une école de *musique-vocale et à paroles* ; mais un collége de composition - musicale et dramatique, qui prétendroit enseigner à *organiser*, à *prosodier*, à *mouvementer*, à *accentuer*, à CHANTER la poésie
à des élèves qui ne connoîtroient parfaitement ni la grammaire, ni
la prosodie - musicale, ni la prosodie poétique ; à des élèves qui
ignoreroient la poésie, que les peuples les plus sensibles et les plus
éclairés ont faite l'une des principales *portions* de la musique, comme
la musique à son tour redevient une des principales *portions* de la
poésie ( *musicæ partes, cantus, melodia, poesis*. . . . ) — C'est tout
différent ! et je ne suis plus de cet avis : je suis trop persuadé que
*la musique* est une des parties intégrantes de *la poésie*, comme la
poésie, à son tour, est une des parties intégrantes de la musique.

La grammaire, la poésie et l'art du rhéteur sont si inhérens à la
science de la composition de musique-vocale, de musique dramatique
ou théâtrale, que si l'on ôte l'art grammatical, l'art prosodique, l'art
poétique, l'art d'émouvoir, d'attendrir, ou plutôt l'art de l'éloquence,
et toutes les connoissances de la langue rendue propre à être chantée ; si l'on ôte, disons-nous, toutes ces choses de l'art de la musique, il ne reste plus alors de véritable *musique-vocale*, de *véritable
musique à paroles* : il ne reste tout au plus que de la musique ins-
trumentale. Tirez-vous de-là, vous qui prétendez que c'est y regarder
de trop près, et que des musiciens pourroient, sans ces connoissances ?

l'élève qui se destine à la *composition* ou à l'*exécution* de la musique *vocale* et *dramatique*, manque encore

---

venir à bout de bien mettre en musique la tragédie - lyrique ou la comédie-lyrique. . . . Je sais comme vous que, qui dit *peintre* ne dit pas pour cela *peinture*, *grammaire*, *syntaxe et prosodie* réunies ; que qui dit bon architecte, ne dit pas pour cela *à la fois bon archi-tecte et bon prosateur*, quoique cela se soit rencontré, se rencontre et se rencontrera ; que, qui dit bon prosateur, ne dit pas pour cela *à la fois bon prosateur et bon poëte*. . . . Prouvez - moi maintenant que, qui dit musique - vocale, dramatique et théâtrale ; que, qui dit opéra-tragique, opéra-comique, opéra-pastoral, ne dit pas à la fois MUSIQUE et POÉSIE, ne dit pas CHANTS et VERS attachés par les liens les plus étroits, ne dit pas DEUX PARTIES COHÉRENTES, deux PARTIES ESSENTIELLES d'un même TOUT, d'un même art, pour ainsi dire, dont l'une ne peut se détacher sans faire perdre à l'autre la moitié de sa force, la moitié de son existence, la moitié de sa destination. Prouvez-moi que le mérite d'une véritable tragédie-lyrique, ou d'une vraie comédie - lyrique, ne s'affoibliroit pas en raison même de ce que ces deux parties ( la musique et la poésie ) seroient susceptibles de se séparer, et que ce même mérite n'augmenteroit pas à mesure que ces deux choses deviendroient deux parties, deux membres inséparables, comme dans les opéras de *Gluck*, de *Sacchini*, de *Piccini* et de *Grétry*..... Ils ont eu pourtant quelqu'espèce de raison, ces quatre célèbres musiciens, il faut l'avouer, de regarder l'éducation lit-téraire comme inséparable de l'éducation-musicale. . . . . Avoient-ils tort, ces Grecs ; avoient-ils tort tous ces peuples éclairés de l'anti-quité d'avoir tant répandu, par l'organe de leurs plus sages écrivains et de leurs philosophes les plus graves, ces idées sur l'union étroite de la musique et de la poésie, qu'ils regardoient comme formant l'ART des ARTS : du moins c'est ainsi qu'ils appeloient la musique, ne faisant qu'UNE avec la poésie, ou celle-ci avec la première.

Je sais bien que nous aurons un jour l'avantage inappréciable de former des séances savantes au Conservatoire, où les Lacépède, les Prony, les Charles, et autres membres célèbres, de l'Institut, nous feront entendre de lumineuses démonstrations sur les rapports géné-

à un Conservatoire qui peut devenir le premier de l'Europe.

taux qui existent entre la musique, les mathématiques, la physique, l'acoustique, et généralement sur les grandes analogies qui
attachent aux hautes sciences l'art intéressant qu'on professe au
Conservatoire : je sais que plusieurs autres membres de l'Institut y
prononceront de savans discours et de profondes dissertations sur
tous les nœuds universels qui concentrent dans un seul et même
cadre les hautes sciences avec les beaux-arts, les beaux-arts avec
les lettres, les lettres avec la musique : je sais bien qu'ils montreront en grand la chaîne générale qui resserre en un seul faisceau
la musique, la grammaire, l'éloquence et la poésie : je sais bien
que ces discours qui embrasseront des vues aussi universelles sur
ces importans objets, deviendront de la plus grande utilité. Mais,
pour concevoir d'aussi larges, d'aussi profonds développemens, il
faut auparavant que l'élève de la musique ait reçu des *professeurs
de littérature* dont j'ai parlé, les documens particuliers et continus
qui déja l'auront en quelque sorte initié, et sans qu'il s'en soit
même aperçu, dans les secrets mystérieux qu'il appartient seul à
l'esprit déja cultivé de pénétrer, mais à l'aide du génie qui les lui
montre et les lui découvre.

L'élève de la musique ne deviendra point grammairien, poëte et
littérateur-musicien ( comme principalement l'élève compositeur doit
s'efforcer de se le rendre ), parce qu'il aura entendu ( sans les préparations multipliées qui auroient facilité son intelligence ) un lumineux discours que les seuls professeurs auront bien compris. Il faut
que les élèves-compositeurs, pour profiter d'aussi utiles discours,
pour tirer tout le fruit de ces *lucides* démonstrations que voudront
bien leur faire ces hommes célèbres ; il faut, dis-je, qu'ils aient
été préalablement alimentés, non seulement par les principes généraux, mais encore par les principes particuliers attachés à chacun
des détails inséparables de la musique, de la littérature, de la poésie,
de l'éloquence. Il faut qu'ils aient grandi avec cette nourriture aussi
essentielle qu'indispensable au développement du génie musical, et
qu'ils aient, à mesure, déja vu se développer les connoissances de

Si ce vœu s'exauçoit, ce seroit alors que l'on pourroit
espérer de former des élèves de *composition musicale* qui,

leur art, en proportion de ce que s'étendoient par degrés leurs connoissances en littérature.

C'est ainsi et non autrement que se font les provisions du génie,
desquelles il aura tant besoin, lorsque, dans l'âge mûr, dans l'âge
de l'expérience, il créera ces grands ouvrages dramatiques qui,
à chaque instant, forceront son imagination de recourir promptement,
et pour ainsi dire à son insu, à ces connoissances apprises dès la
jeunesse, et que son génie garde comme en réserve, à ces connoissances qui se seront de bonne heure imprimées dans sa mémoire
comme le cachet sur la cire, ou plutôt comme des caractères qui,
gravés d'abord sur l'écorce d'un jeune arbre, se seront depuis étendus,
agrandis avec lui. Autrement, son génie, dénué des provisions nécessaires, se trouveroit à chaque pas en défaut..... Au milieu de
son incertitude, il prendroit souvent dans son art le PARTI que
ces provisions de connoissances lui eussent fait répudier ; et loin de
faire comme Gluck, Piccini, Rameau, Grétry, Sacchini, Philidor, et
nos autres grands musiciens, soit tragiques, soit comiques, il pourroit
lui arriver de faire chanter dans la tragédie Alceste comme Eglé
de la pastorale, dans la pastorale Églé comme Iphise de la comédie, et dans la comédie Iphise comme Marton de l'opéra-comique. OEdipe, sous sa plume, pourroit devenir le vieux Orgon.

Des écoles littéraires INTRA : — Oui ! des écoles littéraires EXTRA :
— Non ! les principes ne pourroient plus être assez les mêmes, pour
en tirer les lumières nécessaires.

Je n'avance ces incontestables VÉRITÉS que d'après les gens les
plus instruits, que d'après les personnes les plus éclairées avec lesquelles j'ai eu si souvent occasion d'en conférer. L'époque est venue
de ne plus se laisser subjuguer par ces IDÉES RÉTRÉCIES, si con-
traires à la véritable éducation musicale, si souvent employées néanmoins, si souvent mises en avant, et qui pourroient peut-être encore
arrêter cet élan rapide dont le Conservatoire est susceptible ; cet
élan qui peut enfin faire monter l'art jusqu'où il peut arriver.....
Hommes de génie ! Vous, compositeurs habiles qui en faites la

en parvenant à reculer les bornes de l'art , agrandiroient peut-être en France cette portion de la gloire nationale.

---

gloire ! Eprouvez hardiment vos forces !...... Me provoqueriez - vous à vous prouver que je ne me suis pas fait UNE IDÉE de la musique trop au-dessus de ce qu'elle est réellement ? — Je ne vous le conseille point, nous combattrions à forces inégales ; vous me donneriez des armes qui abattroient les vôtres ; je me présenterois dans l'arène n'en ayant d'autres que vos propres ouvrages-dramatiques à la main , qui prouveroient ( *à ceux qui veulent voir* ) que CETTE IDÉE , quelque haute , quelqu'élevée qu'elle puisse être , n'a cependant point été inaccessible à vos grands talens, puisque vos *partitions* l'ont touchée , l'ont déja atteinte. Mais pourquoi l'avez-vous atteinte ? Parce que *la nature* ( comme je l'ai dit ), par l'un de ces efforts rares et extraordinaires qu'elle fait quelquefois en faveur de bien peu de personnes, vous a forcés presque tous à vous donner de vous-mêmes les *documens - littéraires* dont j'ai parlé, et dont les élèves actuels sont encore privés.

Mais l'avare nature fera-t-elle d'elle-même et sans aide ; prodiguera-t-elle , sans la provoquer , prodiguera-t-elle pour eux , pour ces jeunes plantes dont la foiblesse réclame notre sollicitude, pour ces frêles roseaux sans appui qui commandent notre intérêt, prodiguera-t-elle ces efforts presque surnaturels qu'elle s'est plue à faire pour quelques génies extraordinaires , que sa sévère économie nous laisse si peu rencontrer ; prodiguera t-elle ces efforts qu'elle s'est plue à faire pour vous qui étiez ses favoris ? — Rien de plus douteux ! Rien de moins certain !..... Cherchons donc à faire AIDER la nature, à la PROVOQUER même, si nous voulons que ces intéressans élèves puissent un jour monter jusqu'à vous, qui contribuez déja à la gloire musicale que ce siècle desire , demande, exige avec tant de force.

Si l'on m'accusoit de ne point avoir assez démontré la *nécessité absolue* d'une éducation littéraire intrinsèquement unie à l'éducation musicale dans le Conservatoire ; de ne point avoir assez démontré le besoin essentiel d'avoir dans cet établissement *un* ou *deux maîtres de grammaire , un professeur de poésie , un professeur de*

Qui sait même s'ils n'iroient pas jusqu'à ressusciter
les miracles que la sage antiquité attribue à la musi-

---

*rhétorique* ou *d'éloquence, et un autre d'histoire et de mythologie ;*
( et cela, sans aucune diminution dans le nombre si nécessaire des
professeurs actuels , sans même apporter aucun changement à sa
bonne organisation ); si l'on m'accusoit, dis-je , de ne point avoir
assez développé cette nécessité : je dirois alors que je me réserve
de l'éclaircir plus amplement dans un *essai* beaucoup plus étendu ,
mais encore *inédit , où* je tâche de prouver que si je la démontre
foiblement, je n'en sens pas moins la vérité (*qualem nequeo mons-
trare , et sentio tantùm.* Juv. ). Eh ! qu'ai-je besoin d'ailleurs de *tant
développer* toutes ces choses devant LE GÉNIE TUTÉLAIRE qui , en
veillant à toutes les sortes de gloire en France , veille également
à celle des arts ?

Ce génie tutélaire et ces hommes éclairés qui , par la longue
hiérarchie d'autorités , la série continuelle des travaux si utiles à la
prospérité de l'Etat , à la perfection et l'agrandissement des lettres
et des arts ; cette masse imposante d'hommes instruits qui reçoivent
de lui les grandes impulsions qu'ils dirigent à leur tour vers tout CE
QUI EST BIEN , se reposeront enfin de ces sublimes efforts qui ont
attaché tant de gloire au nom français. Ils s'occuperont aussi des
gloires secondaires et des moindres portions de cette réputation vaste
qui ne peut plus être contestée dans l'univers. Ils porteront plus
que jamais un œil bienveillant sur toutes les parties des sciences ,
des lettres et des beaux-arts qui concourront tant à faire briller la
France aux yeux de l'étranger. Ils savent d'ailleurs que dans les
rangs qu'occupent les sciences , les lettres et les arts , dans l'échelle
des connoissances humaines ( tout en mettant les sciences et les
lettres au degré qui leur appartient ), la musique pourtant doit y
trouver aussi une place intéressante, en la mettant ( *par des professeurs de littérature* ) à portée de sentir tout le prix du commerce
des sciences et des lettres , et de pouvoir tirer tout le fruit qu'elle
seroit susceptible de trouver dans cette précieuse réunion.

Ce n'est pas dans le siècle qui s'avance, et qui sera l'exemple des
temps à venir ; ce n'est pas dans le siècle qui sera rappelé avec orgueil

que ?. . . . . .La France a de grands peintres vivans ;
elle possède des poëtes non moins distingués ; ses lit-

---

par nos derniers neveux, que les Français, devant qui tout s'est
aplani, pourroient s'arrêter devant la mince et chétive difficulté de créer
quatre ou cinq chaires de plus dans le Conservatoire, qui triploroient
l'efficace utilité de ce bel et intéressant établissement. Ils se souviendront, ces Français, que c'étoit dans leur propre pays que jadis exis-
toient les *colléges* si vantés de ces BARDES FAMEUX, de ces CHAN-
TRES DE LA RENOMMÉE, qui acquirent tant de gloire à la Gaule
antique, et la firent remarquer dans l'univers. Ils se souviendront que
ces COLLÉGES-MUSICAUX étoient, à la vérité, remplis des *professeurs
de la musique*, mais qu'ils étoient étayés par des professeurs-histo-
riens et par des professeurs-poëtes. Ils se souviendront que la trompette de l'histoire, que celle de la poésie, que celle de la musique,
formoient ensemble la trompette de la renommée, pour publier, chanter
et répandre la gloire des héros. .. Sublime Ossian ! le premier des
Bardes ! toi que la harpe harmonieuse rendit aussi grand pour la
musique chez les Calédoniens, qu'*Orphée* et *Terpandre* le furent chez
les Grecs ! toi.... dont le caractère fut si grave, si sérieux, si sévère,
me permettras-tu de citer ce que disoit de toi un *Barde* célèbre, qui
fut l'un de tes plus justes admirateurs ?.... Me permettras-tu de citer
une *louange*, qui cependant pourroit effaroucher l'innocence, et faire
rougir peut-être la timide pudeur?.... Et, POUR DONNER UNE IDÉE
VRAIE DE LA SUPÉRIORITÉ DE TES TALENS MUSICAUX, oserai-je enfin
redire à nos musiciens français ce que ton admirateur disoit de toi
dans l'un de ses chants ? « Je préfère *la mélodie* et *les accords* de la
» *harpe* d'OSSIAN, lorsqu'il chante, aux caresses d'une jeune fille au
» sein d'albâtre, à l'aimable fille des héros qui viendroit embellir les
» heures destinées à mon sommeil...... »

Mais laissons-là cette image, ne nous arrêtons point davantage sur
tes talens musicaux ; ô toi que notre siècle regarde comme le rival
du prince, du premier, du plus grand des poëtes, comme le rival
d'Homère ! TU ES SORTI DE CES COLLÉGES FAMEUX que l'imitation
des Gaulois avoit fait répandre jusque dans l'*antique Calédonie !* TU
ES SORTI DE CES ÉCOLES aussi brillantes, aussi célèbres par leur

*Lettre en réponse à Guillard.*                    F

térateurs excellens sont en grand nombre ; elle a des architectes très-habiles et des sculpteurs non moins célèbres ; certes les hautes sciences ne le cèdent point à tous ceux - ci. Pourquoi ce beau pays , si fécond en hommes de génie, ne parviendroit-il pas ( en en prenant tous les moyens ) à rivaliser , pour la musique , l'Allemagne, l'Italie, et peut-être l'antiquité ?..... Et quels sont les moyens à prendre ? QUATRE MAITRES *de littérature* A AJOUTER *au Conservatoire*..... et j'ose prédire que les lumières de nos compositeurs , réunies à celles que les élèves acquerront , mettront ces mêmes élèves dans le cas de nous surpasser tous.

C'est par cette *éducation musicale* qu'on parviendra à former de véritables élèves en musique ; c'est alors *seulement* que tenant aux lettres par la vérité lucide des

---

*réputation poétique* que par leur *gloire musicale !* à tes augustes accords l'obscurité qui voiloit *le passé* se dissipoit devant toi, et tu faisois revivre *dans tes chants* les héros qui n'étoient plus ! ton génie perçant cherchoit aussi à prévoir quelle seroit dans l'avenir la gloire des *beaux-arts* dont tu étois l'orgueil ! tu cherchois à prévoir *les chants qui célébreroient* la gloire des héros futurs !..... si ton ombre révérée voit encore les siècles qui, chargés de grands événemens, roulent après toi, ton œil s'arrêtera sur celui qui va naître..... Si tu pouvois *encore chanter*, que de faits éclatans ton ame brûlée de l'attachement à la gloire des héros auroit à reproduire *dans tes chants !...* ton génie allumé, par *l'amour du chant*, a osé PRÉDIRE ta renommée future, en assurant que ton nom resteroit dans *la contrée des* HÉROS, et qu'il y croîtroit comme le chêne de *Morven*, qui oppose sa large tête à l'orage..... Chantre des héros !.... ta prophétie s'est accomplie... Les héros du troisième siècle te chérissoient.... les héros du dix-huitième te chérissent encore !....

intentions, à l'école italienne par la mélodie, le charme
et la pureté ; à l'école allemande, par le nerf et la force ;
à l'école française, par sa majesté : la musique, chez les
Français, deviendra véritablement MIXTE, comme plus
conforme à leur manière de sentir et de voir, laquelle
tient le milieu entre celles des peuples de l'Italie et de
l'Allemagne.

Que les élèves, mon ami, y joignent l'étude appro-
fondie de l'ancienne école italienne, mère de toutes les
écoles actuelles, et qui s'étoit *entée* sur les majestueux
et simples procédés des théories de la *musique antique.*
Gluck l'avoit senti, Sacchini de même : et c'est cette
belle et ancienne école qu'ils ont crue la plus convenable
au Grand-Opéra de Paris, à la tragédie lyrique ; leurs
ouvrages le prouvent sans réplique.

Que les élèves en *composition vocale* marchent donc
d'après ces procédés aussi vénérables qu'ingénieux. Qu'ils
cherchent à produire comme eux *les plus sublimes effets,*
*en raison même de la simplicité des moyens employés.*
Qu'ils étudient ces anciens chefs-d'œuvre, qui deviendront
pour eux comme les archives de l'art ou plûtôt de *la*
*nature de cet art.*

Mais en imitant ces grandes et sublimes expressions
( que Rameau lui - même atteignoit dans ses *morceaux*
*d'ensemble* et dans ses airs pantomimes ), qu'ils n'aillent
point cependant les transporter à la lettre dans leurs
chants dramatiques. Bien que la musique soit une langue universelle, également sensible à tous les peuples et
à tous les âges, chaque siècle néanmoins a ses conve-

nances. Et comme l'homme de lettres en étudiant dans *Amiot* et *Montaigne* les choses, le naturel et la naïveté, n'en imitera point le style vieilli ; de même, en musique, on n'ira point employer dans la *partie vocale* des inflexions surannées ou des tournures de mélodie qui contrarieroient le goût de son siècle, et qui d'ailleurs tiendroient au genre *gothique* et non pas à ce *grand goût de l'antique* qui en est le *point* opposé, non pas à ce *grand goût de l'antique* dont Gluck nous a donné de si grands exemples dans le chœur et la *marche* des prêtres qui conduisent Iphigénie à l'autel ; dans le *duo* d'Achille et d'Iphigénie, qui finit le premier acte d'*Iphigénie en Aulide* ; dans le chœur, *que de grâce ! que de majesté !* et *l'ouverture* du même opéra ; dans la *marche* et toute la scène du temple d'Apollon, dans Alceste ; enfin dans l'hymne d'Écho et Narcisse.

Il n'est pas moderne non plus le sublime chœur des prêtres qu'on admire dans le premier acte de l'OEdipe à Colonne de *Sacchini* ; elle n'est pas moderne la musique de l'étonnante scène entre OEdipe et Antigone ; elle n'est pas moderne la musique du chœur des prêtres de Pluton dans la Didon de *Piccini.* Ils ne sont pas modernes les chœurs de la *Fontaine enchantée*, dans le *Roland* du même musicien. Il n'est pas moderne le chœur si vrai, si touchant, si communicatif, le chœur du célèbre *Rameau* : *Que tout gémisse ! que tout frémisse !* dans son *Castor et Pollux.* Quelle couleur sombre ! quel profond caractère dans son air du même opéra : *Tristes apprêts ! pâles flambeaux !* Quel génie puissant dans la

musique du quatrième acte de Zoroastre ! quel musicien inspiré dans tout l'acte de *magie*, dans son *Darda-
nus!* Ils ont montré la route dramatique tous ces grands
maîtres. Gluck, Sacchini et Piccini, sans en excepter
de grands maîtres français, ont donc su, quand il le
falloit, suivre les procédés du *grand goût de l'antique.*

Je reprends. Pour vouloir imiter ces procédés on n'ira
donc pas, comme nous le disions plus haut, *employer
dans la. partie vocale des inflexions surannées ou des tours
de phrases mélodiques qui contrarieroient le goût de son
siècle, et qui d'ailleurs tiendroient au genre gothique, et
non pas à ce grand goût de l'antique qui en est le point
opposé.* Que seroit-ce donc si, en croyant marcher d'a-
près les procédés et les *théories* des musiciens poëtes de
la sage antiquité, on s'avisoit de ne créer que des inflexions surannées, que des phrases d'une mélodie tour-
née à la manière des Goths, revêtues néanmoins de tout
le *sémillant*, de toute la jeunesse, si nous pouvons nous
exprimer ainsi, des accompagnemens actuels ? L'élève
de génie s'en gardera bien. Mais il mariera, il fondra
( non le *gothique* ), mais *l'antique* et le *moderne* avec
une telle convenance, une telle bienséance ( eu égard au
siècle, aux mœurs, et aux *localités* où se passe son action
musicale, sans oublier le lieu ni le goût du pays où il
fera exécuter son ouvrage ), qu'il en résultera ces mélodies vraies, nobles et touchantes, ces masses belles,
aussi imposantes qu'augustes, et capables d'être senties
et regardées comme telles dans tous les temps : autrement il n'offriroit au spectateur que l'image comique

et ridicule d'une vieille coquette sillonnée et flétrie qui chercheroit à cacher ses rides multipliées sous les atours du bel âge.

L'école italienne ! l'école italienne ! . . . Gluck lui-même a le plus souvent écrit ses tragédies si fortement dramatiques, avec l'*ordre* et l'*attrait* de cette *école*. L'école italienne, disons-nous ! . . . Elle répandra sa mélodie, son charme irrésistible, son attrait tout-puissant, sur le nerf et l'énergie des musiques allemandes, et sur la majesté solennelle des morceaux d'ensemble français. Soyons dramatiques, mais soyons dramatiques avec de la bonne musique. Il seroit possible d'être théâtral et de faire marcher l'action avec de la mauvaise musique, comme on pourroit faire marcher l'action d'un drame quoiqu'avec de très-mauvais vers. Sans doute il faut être dramatique et théâtral, mais il faut l'être avec toute la mélodie d'une excellente école ; sans doute l'élève en composition dramatique doit apprendre à imiter la *nature*, mais avec la *nature* de son art. Accuser alors la musique de ne point assez ressembler à la déclamation, qui elle-même est un art particulier ; c'est, comme nous l'avons déja dit ailleurs, accuser la musique d'être de la musique, c'est accuser une langue d'être une langue. Qu'on déclame le récitatif, c'est au mieux ; mais déclamer les *airs* ? mais déclamer les *chœurs* ? le rhythme et la mesure périodique doivent s'y montrer. . . . . . La déclamation alors, qui ne veut ni *rhythme* ni *mesure* périodique, détruiroit tout le prestige mélodieux, et par conséquent toute la puissance de la musique théâtrale....

Attachons-nous donc à ce qui fait *l'essence* de cet art, à la *mélodie*, puis à la *mélodie*, et toujours à la mélodie expressive et dramatique.

Les Italiens, dira-t-on, ne sont pas toujours dramatiques. — Comme on peut ne pas l'être avec de très-belle poésie : mais Racine et autres ont toujours été dramatiques avec toutes les perfections, toute la *mélodie* de cette poésie ; pourquoi les élèves n'apprendroient-ils pas à être dramatiques et théâtrals avec toutes les perfections, toute la mélodie de la musique, comme l'ont été Gluck et Sacchini ? L'école italienne, disons-nous ! . . . . . . des trois écoles elle n'en fera qu'UNE, peut-être la plus étonnante qui ait jamais existé. . . . Et s'il se trouvoit dans l'État de nouveaux *Mécènes* ; s'il se trouvoit un nouvel *Auguste* qui connût tout le prix de l'école italienne ( susceptible d'être un jour ainsi modifiée par les Français ) ; qui aimât cette mère et magnifique école comme Auguste aimoit la poésie mélodieuse de *Virgile*, je répondrois, par cela même, que le goût le plus éclairé dans les sciences et les arts est dans l'ame du héros ; je répondrois qu'à son influence la musique prendroit enfin, vis-à-vis de l'étranger, la stature à laquelle elle peut parvenir ; je répondrois qu'à son influence l'émulation des jeunes compositeurs se réveilleroit d'autant plus que *le sol* des HÉROS, que *la terre* des FRANCS, fut aussi la terre qui répondit la première aux accens du *barde antique*, tant admiré dans l'Occident lorsqu'il chantoit leur gloire. . . . . Il naîtra

F 4

peut-être le plus grand des siècles ! . . . Les sciences , les lettres , les arts l'attendent. . . . .

N'allez pas croire , mon cher Guillard , que lorsque je vous ai entretenu des *précautions* à prendre ( avant de montrer sur le premier théâtre lyrique les œuvres de jeunes postulans qui n'auroient point donné préalablement les garanties nécessaires ), j'aie voulu y comprendre , avec la même rigueur , les jeunes chanteurs et les jeunes musiciens symphonistes. C'est au contraire dès la jeunesse , dès la plus grande verdeur de l'âge , qu'il faut , aux premiers théâtres comme aux autres , faire arriver les *élèves* du *chant*, si toutefois ils ont de grandes dispositions au talent d'acteur : car ce n'est que là qu'ils perfectionneront ce dernier talent à joindre à la qualité de chanteur ; ce n'est que là, disons-nous ; ce n'est que sur les planches même , qu'un public éclairé les rendra véritablement grands comédiens. C'est encore dans la jeunesse qu'il faut faire arriver dans les orchestres les musiciens symphonistes. Dans le premier cas , encore plus que dans le second , les moyens physiques sont aussi nécessaires que les moyens moraux. Ceux-ci ne peuvent se soutenir sans la force ou la vigueur des premiers. C'est la fraîcheur de voix, c'est la facilité du chant, qu'on a le plus ordinairement dans la première jeunesse ; c'est la vivacité d'exécution, plus aisée dans cet âge que dans les âges suivans , qui flattent le plus les sens des spectateurs , et leur procurent conséquemment les plus grandes jouissances. C'est même vers cet objet qu'aujourd'hui le Conservatoire dirige avec raison ses principaux efforts.

Encore quelques années; il remplira, je l'espère, le but louable qu'il se propose , *celui d'être extrêmement utile au soutien des grands théâtres , comme des théâtres secondaires ; celui de propager l'éducation musicale , et de répandre de plus en plus le goût de la bonne musique en France; celui de fournir à nos armées victorieuses les moyens de célébrer grandement leur gloire et les bienfaits d'une paix durable ; celui, en un mot, de former de jeunes compositeurs capables de prétendre un jour à enrichir nos scènes lyriques , et à remplacer leurs maîtres.*

. Qu'on ne s'imagine pas , cependant, que les *élèves-chanteurs-acteurs* pourront rivaliser de sitôt *Laïs* , ou *Chéron* , ou *Adrien* , ou *Maillard* , et autres du théâtre des Arts. Il faut auparavant que ceux-ci leur servent encore long-temps de modèles , principalement pour *les talens pantomimes* de l'acteur lyrique , pour la connoissance de la scène , et pour tout ce qui , dans le grand art du théâtre , tient à une longue expérience et à de mûres et profondes réflexions. Il en sera de même des symphonistes : et parce que nous avons déja de forts élèves , il ne faut pas croire que dans ceux qui les devancent dans les orchestres , il ne s'en trouve point, au-delà même de l'été de l'âge , qui n'aient au - dessus d'eux *l'expérience* , ainsi que la longue et difficile habitude d'accompagner avec esprit , précision et sentiment. Malgré que nous ayons aussi les meilleurs et les plus forts conducteurs d'orchestres... on peut cependant regarder derrière soi. . . . et l'on y voit encore, avec orgueil, des *La Houssaie* , des *Navoigils* , etc.

Si nous abordons les *jeunes* compositeurs , c'est alors sur-tout que nous leur représenterons la nécessité d'un talent mûri et consommé... Ce n'est pas au théâtre des Arts qu'il faut les essayer... Il faut, dans ce cas , bien plus d'expérience encore... Il faut des œuvres préalables... Il faut des garanties... Il faut qu'ils aient acquis des talens égaux à ceux qui se distinguent aujourd'hui sur nos différentes scènes , comme à ceux qu'on laisse dans l'oubli, dans l'inaction, et qu'il faut rappeler à une lumière que leurs talens peuvent soutenir.

Il faut rappeler à ces *jeunes postulans du talent théâtral* que *Rameau* , *Sacchini* et *Piccini* étoient presque *quinquagénaires* lorsqu'ils ont osé se montrer sur le *grand Opéra* de Paris... Il faut leur rappeler que *Gluck* lui-même ( persuadé de la provision d'expérience nécessaire dans ce cas ) étoit presque *sexagénaire* lorsqu'il arriva à cette grande scène pour y produire ses chefs-d'œuvre... Il avoit une si haute idée du premier Théâtre lyrique de Paris, qu'il disoit à un très-*grand compositeur* de nos jours , qui dès-lors avoit atteint quarante ans , au compositeur en un mot, de la sublime musique des *Danaïdes* : « Soignez , » mon ami , soignez votre ouvrage.... Les Parisiens » se connoissent en art dramatique. .... Il faut tous les » talens que vous avez ; il faut en outre éviter même la » moindre négligence en musique dramatique , pour se » faire véritablement remarquer sur leur premier théâtre » lyrique.... ». Le célèbre *Salieri* , enfin , trembloit encore pendant les répétitions de son opéra , quoiqu'il eût eu l'assentiment de Gluck.

Il faut aussi rappeler aux *jeunes aspirans* d'aujourd'hui, ( et qui n'y regardent pas de si près ) que les *Pasiello*, les *Cimarosa*, les *Iomelli*, avoient gagné le milieu de l'âge, lorsque toutes les cours de l'Europe les crurent en état d'être employés pour leurs grands théâtres : il ne sera pas hors de saison d'y joindre qu'*Hayden* ne fut qu'à cinquante ans le prince des musiciens. . . . . S'il s'agit de chanteurs, d'acteurs, de symphonistes, pour remplir des places, JUSTEMENT *vacantes*, appelons donc la jeunesse... Mais pour la *composition vocale* et *dramatique*, mais pour l'invention du chant théâtral, et propre ( comme le disoit Gluck ) ou à la tragédie lyrique, ou à la haute comédie lyrique... *attendons la maturité de l'âge et du génie.* .... C'est alors que les bons élèves du Conservatoire ( en cette partie ) ; c'est alors que les *aspirans* au talent de *la composition vocale* ( après s'être exercés, s'être longuement essayés ), nous apporteront les fruits d'une expérience consommée ; et se rendront dignes d'être remarqués dans le siècle brillant qui se prépare... Qui sait même si alors ils ne feront pas oublier tout ce qui les aura précédés ?... C'est du moins ce à quoi ils doivent chercher à prétendre ; c'est vers ce but aussi chaud que sage qu'ils doivent diriger leurs brûlans efforts. Puissent-ils nous surpasser tous ! ... La France n'aura plus de rivaux... Mais si nous voulons communiquer aux jeunes élèves les *forces* nécessaires pour arriver un jour à ce haut degré de gloire, il faut d'abord qu'ils reçoivent les *documens* musicaux et littéraires dont nous avons parlé ; il faut en outre se bien garder ( avant même qu'ils les aient reçus ) de les tromper, au point de leur faire accroire que *leurs leçons* ou *essais en composition dramatique*, seroient dans le cas de paroître au moins sur les *théâtres secondaires*. Le public pourroit s'y amuser, mais ce seroit de leurs vains efforts. Au lieu d'exciter en eux l'émulation nécessaire pour arriver au *grand*, on étoufferoit, par-là même, leur génie dans son germe. Que seroit-ce donc si, avant qu'ils aient reçu *l'instruction littéraire* dont je vous ai entretenu, et qui est si essentiellement nécessaire à l'étude de la *composition vocale et dramatique*; si, avant qu'ils se soient essayés sur des théâtres subsidiaires on leur persuadoit maladroitement qu'ils ne doivent point s'arrêter à combattre les auteurs qui les précédent dans ces mêmes théâtres; que ce ne seroit point des rivaux dignes d'eux; mais qu'ils doivent, du *premier pas*, laisser derrière eux ces athlètes que, selon leur opinion, on a tort de vanter; qu'ils doivent, en un mot, courir du premier vol sur le théâtre de *Gluck* et de *Sacchini*, pour y combattre d'avance les *Cherubini*, les *Martini*, les *Leberton*, et y montrer.... quoi? leur inexpérience.

Que seroit-ce enfin si, en intervertissant cette hiérarchie productrice de l'émulation, qui elle-même est productrice de tout ce qu'il y a de grand dans les lettres et les arts; que seroit-ce, disons-nous, si on parvenoit jamais à remplir nos théâtres de ces essais musicaux qui en seroient encore à la *gamme harmonique*, au *calcul matériel du mécanisme de l'art*, ou de ces essais poétiques à peine sortis de l'*a*, *b*, *c grammatical*; et cela pendant des saisons entières, sans s'embarrasser si les étrangers qui viendront

en France ne diront pas sur ces auditions uniques et continuelles : « Voilà donc toute la musique, voilà donc toute
» la *poésie lyrique* qu'on fait en France !..... voilà donc
» les seuls maîtres qu'elle produit !..... »

Pauvres étrangers ! on ne vous aura laissé entendre ni
la musique des Grétry, des Chérubini, des Gossec ou
des Martini, ni celle des *Leberton*, des *Méhul*, des
d'*Alyarac*, des *Creutzer*, et de tant d'autres compositeurs
d'un véritable talent, dont les preuves ont été faites
sur les théâtres des *Italiens* et de *Faydeau* ! On ne vous
aura offert que de la musique de *jeunes étudians dans l'art
dramatique*, de jeunes *étudians* que ( sans preuves préalables) on aura voulu faire passer en *philosophie*, tandis
qu'ils sortoient à peine du *rudiment* ! On ne vous aura
laissé entendre que des poëmes d'enfans, qui, pouvant
à peine se tenir debout, auront voulu fièrement monter
sur les chaises ! On ne vous aura, en un mot, laissé
entendre que des essais qui n'auront pas plus été trouvés
bons par notre public que par vous, qui n'auront pas
été plus approuvés par nos maîtres que vous ne les ap-
prouvez, qui ne l'auront pas même été par les administrations qui les auront reçus et montés par un excès
de complaisance ou de foiblesse vis-à-vis des gens qui
ont l'adresse de se rendre forts avec les noms de grands
maîtres qu'ils mettent toujours en avant, pour ensuite
( force prise ) employer tous les moyens de ne faire
paroître que leurs chers *protégés étudians*. Oui, pauvres
étrangers ! on ne vous aura laissé entendre que ces
sortes d'ouvrages de *jeunes commençans*, qui ne seront

pas tombés sur la scène entourés de prôneurs , se croyant
forcés d'accorder de l'importance aux adroits et zélés fa-
bricateurs des réputations de ces *commençans* sans garantie,
de ces commençans qui n'auront même donné aucune
preuve , soit sur le théâtre italien , soit sur le théâtre
Faydeau ! On ne vous aura , en un mot , laissé entendre
que des opéras non tombés sur le théâtre , mais peut-
être tombés dans l'opinion !..... et vous vous en retour-
nerez bonnement répandre en Europe que la France n'a
plus de compositeurs (1) !.....

---

(1) En conférant ainsi avec Guillard, je n'ai point prétendu con-
fondre les *étudians de grande espérance*, ni les jeunes talens avec
ceux qui n'en auroient que la *prétention*. J'en sais beaucoup au contraire parmi les jeunes prétendans au titre d'auteur, qui peut-être
honoreront un jour l'art qu'ils étudient. Non, jeunes compositeurs ;
non, jeunes musiciens, qui nous donnez un si brillant espoir, ce n'est
point de vous que j'ai voulu parler. Il seroit dans les possibles même
qu'il se montrât ( entre vous ) UN de ces génies précoces, qui, pour
son coup d'essai., nous donnât un coup de maître : (je dis UN...., car
la nature fait-elle souvent l'effort d'en produire un grand nombre à
la fois?) Puisse-t-il se montrer ce génie précoce à l'âge où l'on étudie
encore les grands principes de son art ! puisse-t il *commencer* par où
les autres *finissent*! puisse-t-il, sans avoir eu besoin de garantie ni
de preuves préalables, puisse-t-il ( son premier ouvrage à la main ) se
montrer déja le digne rival de nos maîtres, et prouver sur la grande
scène-lyrique qu'il avoit le droit d'y paroître!.... puisse-t-il dès le
plus jeune âge étonner son pays comme Pergolése, à peine arrivé au
quatrième lustre, étonna le sien !.... Nous lui tendrons nous-mêmes
les mains.... nous ne verrons plus en lui que l'orgueil de l'art, qu'un
grand artiste capable de contribuer à la gloire de la musique en France...
et j'ose lui répondre que tous les compositeurs français partageront
avec moi la glorieuse satisfaction de compter un maître de plus.....

Voilà, mon cher Guillard, à quoi s'exposeroient pourtant nos théâtres, s'ils éloignoient de préférence les auteurs dont j'ai parlé, ou s'ils ne les encourageoient nullement. Voilà, sans y songer, la belle réputation qu'on feroit au goût de la nation française. Voilà, mon ami, comme les arts s'abâtardiroient, si ce n'étoit point le véritable talent, mais bien celui qui auroit le plus de *cotteries* ou le plus de *compères*, qui s'emparât d'une arène où les athlètes éprouvés ne trouveroient plus aucune place : et cela, en faisant croire aux étrangers que *voilà tout ce que nous possédons; qu'il n'y a rien autre chose en mu-*

---

puisse-t-il même parvenir à nous effacer tous! il augmentera nos éloges, et la gloire de l'art en France ne sera plus contestée......
Sens-tu, jeune compositeur, ce feu secret qui te porte à imiter, à exprimer la nature par les inflexions et les mouvemens d'un art qui semble être né avec elle pour être l'un de ses plus fidèles interprètes? Mesures-tu sans crainte la carrière immense que ton art ouvre devant toi? Sens-tu cet enthousiasme intime qui promette de t'aider à peindre par des sons accentués, par des mélodies communicatives, par des harmonies pittoresques, tout ce qui est soumis à l'empire du génie ? Le BEAU t'enflamme-t-il? ton ame s'élance-t-elle, à ton insu, vers tout ce qui est GRAND? le sublime ( sans l'expliquer ) le sens-tu en toi-même ? une sensibilité *aiguë*, si je puis m'exprimer ainsi, t'émeut-elle vivement à la seule inspection des chefs-d'œuvre de l'art? à la seule impression de ses effets ton cœur troublé bat-il avec véhémence ? un tressaillement involontaire te porte-t-il, malgré toi, au desir ardent de voir réaliser, dans ton art, chaque *trait* que la nature ne dévoile encore qu'à moitié dans ton imagination? te sens-tu capable de créer? accuses-tu la paresse de ton art qui semble encore tenir ton génie enchaîné?....,. Prends la plume, la nature t'a fait musicien..... entre.... les portes s'ouvriront.... mais si tu ne sens rien de tout cela, retire-toi.... le lieu est sacré....

*sique ; qu'il faut se contenter de peu , quand on n'est pas plus riche :* tandis que peut-être des chefs-d'œuvre dor- miroient dans les porte-feuilles des véritables maîtres dont j'ai parlé plus haut, loin du public dont le goût sauroit les apprécier, loin des étrangers venant au spectacle pour les entendre... Mais apparemment on réserveroit ces chefs- d'œuvre *pour une meilleure occasion.* On en feroit jouir le public, quand les auteurs seroient morts..... Grand Sac- chini ! tu n'as point entendu ton *OEdipe à Colonne !* ton sublime génie effaroucha trop !.... tu n'as pu le faire re- présenter ! tu es mort en entendant dire que ton ouvrage n'étoit point digne de l'auteur de *Chimène* et de *Renaud....* tu es mort..... persuadé qu'il ne seroit jamais représenté ! tu es mort..... persuadé que ton chef-d'œuvre ne verroit jamais le jour !.... Que ne peux-tu repasser les sombres bords ! tu verrois un public sensible et connoisseur courir en foule à ses représentations, et te rendre les larmes que les plus astucieuses injustices t'ont fait verser !..... Ingé- nieux *Vogel !* tu n'as pas vu non plus ton meilleur ou- vrage !.

# SIXIÈME PARTIE.

NE seroit-il pas extraordinaire, mon ami, que ceux de nos bons poëtes lyriques qui pourroient parvenir à être les successeurs de *Quinault* et de *Gentil-Bernard*, que les compositeurs dont je vous ai entretenu, et qui sont l'espoir de la France pour succéder à Gluck, Sacchini et Piccini; ne seroit-il pas extraordinaire, disons-nous, que ces génies déja reconnus par l'Allemagne et l'Italie et par la France elle-même, pour être l'honneur de leur art; que ces hommes marquans qui aiment mieux rester à Paris que de se laisser tenter par les propositions des cours étrangères, qui leur paieroient au poids de l'or la possession de leur personne et de leur talent, se voient dans ce même Paris, séjour du bon goût, et qu'ils ont préféré; se voient, avant de parvenir à faire jouir le public des productions qu'ils ont composées pour lui, forcés d'entrer en lice, et de rompre des lances, avec qui ?— avec ces êtres qui, par leurs démarches sans nombre dont ils accablent ou font accabler les autorités, se font montrer au doigt dans le monde. Les personnes mêmes auxquelles ils s'adressent, les surnomment COURTIERS D'OPÉRAS, d'opéras composés par de jeunes *apprentis en scène lyrique*, qui, avant de connoître ce qui convient dans cet art plus que difficile, avant d'être entrés dans aucune arène, avant d'avoir vu le *feu*, ont déja la ridicule prétention de se croire en

*Lettre en réponse à Guillard.*           G

cette partie des généraux ; tandis qu'ils devroient s'estimer très-heureux d'obtenir pendant cinq ou six ans les
leçons musicales et dramatiques, ou de Grétry, ou de
*Méhul*, ou de *Cherubini*, et de tant d'autres maîtres qu'ils
doivent étudier bien long-temps, s'ils veulent un jour
obtenir de *véritables et solides succès*, et non pas surprendre des réussites dont on *glose* le lendemain. Que
les chauds faiseurs de démarches attendent donc que leurs
chers protégés, qui montrent à peine le duvet léger du
talent, aient acquis du temps les plumes nécessaires, avant
de vouloir les faire voler si haut.

N'est-il pas ridicule, n'est-il pas même déshonorant qu'à
Paris les démarches les plus actives, les plus chaudes,
les plus tenaces, soient prodiguées, pour qui? seroit-ce
pour nos meilleurs poëtes tragiques, et qui ont fait leurs
preuves? seroit-ce pour nos bons poëtes comiques? seroit-
ce pour les poëtes lyriques qui se sont déja le plus distingués? seroit-ce pour nos gens de lettres les plus marquans? seroit-ce enfin pour nos plus grands artistes ou
peintres, ou sculpteurs, ou architectes, ou musiciens?
— Non : c'est souvent pour les écarter, et mettre en
avant ceux qui devroient les étudier. Eh! pour Dieu!
laissons-là les démarches entreprises pour des *aspirans au*
*talent*, qui veulent s'exposer à trébucher sur la première
scène du monde ; qu'ils essaient d'abord de voler dans
des lieux moins élevés : alors on les y encouragera même,
comme on le doit, et leurs ailes ne s'y fondront point
au soleil. Vous, chauds protecteurs ; vous, infatigables
coureurs pour vos chers protégés, ne cherchez plus, croyez-

m'en, à les exposer à la chute d'*Icare*, et laissez les
maîtres de l'art, laissez les Grétry, les Martini, les Méhul,
les Cherubini, leur présenter auparavant des modèles sur
la même scène dont ils voudroient les écarter. Qu'ils
viennent les y étudier d'abord : on verra ensuite si on
peut les y admettre.

Vous vous étonnez sans doute, mon ami, qu'à mesure
que les paragraphes de votre lettre s'échauffent, je m'é-
chauffe encore plus que vous : et moi aussi je m'en
étonne; mais les dispositions que la vôtre contient sont
si vivement exprimées, si fortement senties, que je n'ai
pu vous répondre qu'en suivant graduellement votre
chaleur; et (soit dit entre nous) je n'en eus pas tant
dit peut-être dans un écrit qui eût été fait pour être
publié : car vous savez qu'il existe dès-lors de certaines
convenances ou bienséances qu'on ne peut heurter de
front; toutes les oreilles ne sont pas organisées sur le
même ton : tels qui avouent que deux fois deux font
quatre, pourroient m'approuver; mais tels faiseurs de
démarches, qui veulent, à tel prix que ce soit, que les
opéras de leurs protégés soient les opéras des opéras, et
qu'ils passent avant tous nos maîtres, pourroient fort
bien soutenir encore, malgré mes récriminations, que
nos douze bons compositeurs n'en font pas *un seul* de
leurs *jeunes aspirans* au talent. Qui sait même si mon
indignation ne seroit pas appelée par eux de la colère?
qui sait si mon amour pour les arts et pour leur gloire
en France, ne seroit pas aussi regardé comme sollicitude
personnelle? qui sait si on ne redoubleroit pas d'action

pour nuire encore plus à votre ouvrage ? Au surplus, ce seroit tant pis pour eux. Je n'ai point, il s'en faut, ni l'intention de les connoître, ni celle de les signaler ; mais ils se dévoileroient eux-mêmes : je voudrois qu'ils s'en épargnassent la honte.

Je retourne à mon sujet : je reviens, mon ami, à votre ouvrage, qui, après avoir été écarté avec tant d'adresse depuis quatre ou cinq ans, va cependant, espérez-le, rentrer dans son *tour* acquis depuis si long-temps. Vous saurez, dites-vous, quels hommes sont les principaux moteurs de l'intrigue plus que forte formée contre votre *Mort d'Adam*. — Ne cherchez point à le savoir, je vous en conjure ; je ne chercherai pas plus que vous à les connoître, quoique je sois instruit aussi bien que vous de leurs manœuvres astucieuses. Tout m'a été confié depuis six semaines : *encore tels moyens actuels mis en œuvre hier, tels autres employés avant-hier, telle autre ruse ce matin, bien plus méchante que les premières :* j'ai tout su, mon ami, sans chercher à en connoître les auteurs, comme je savois tout depuis six ans. Il n'y a pas une seule démarche, tout à la fois bien adroite et bien perfide, ou contre nous ou contre de précédens ouvrages, que je n'aie sue ; il n'y a pas un seul des *consentemens* qu'on m'ait prêtés que je n'ai su ; il n'y a pas un seul de mes discours controuvés que je n'aie su ; il n'y a pas un seul *tour* cédé, assuroit-on, par moi-même, que je n'ai su : si on me faisoit parler quand je me taisois, je le savois ; si on prétendoit que je gardois le silence, quand je parlois très-haut pour réclamer

mes droits ; je le savois encore : il n'y a pas une seule
intrigue, en un mot, dont tous les fils ne m'aient été
continuellement dévoilés par les personnes mêmes auxquelles nos adversaires s'adressoient ; et cela, mon ami,
sans que je le cherchasse. Souvent telles et telles personnes
qui se croyoient bien assurées de marcher contre nous
dans l'ombre et à notre insu, étoient vues avec des yeux
de *lynx*. Plus d'une fois, mon ami, il leur est arrivé de
chercher à me desservir auprès de personnes importantes ;
et ces personnes, devinant leur adroite intention, se ser-
voient sur-le-champ de leurs propres armes, paroissoient
vaguement de leur avis, tout en faisant, dans ce même
moment, des vœux dans leur cœur pour que leurs per-
fidies fussent déjouées et découvertes. Les perfides, mon
ami, sont mal servis : on leur *montre* de l'attachement ;
à vous, on vous en prouvera : *Adam* sera joué. Si leurs
démarches parvenoient à le faire reculer encore, ce ne
seroit pas pour long-temps. *Télémaque* (opéra) m'a donné,
au théâtre des Arts, un *tour* de quinze ans ; je n'en
attendrai pas vingt.

Vous connoîtrez, dites-vous, les hommes qui nous
desservent d'une manière si détournée. Eh ! mon ami,
ils sont connus, pas de vous, pas de moi, mais de ceux
qui peuvent faire donner votre opéra. Il me fut offert
de me les démasquer. — *Non*, répondis-je, *je ne veux
point avoir à me plaindre ouvertement de gens qui peut-être
sont forcés de m'estimer. Je ne veux point les connoître ;
je veux leur épargner la trop pénible honte de se sentir
devant moi convaincus dans leur cœur par les faits ; je ne*

G 3

*veux point qu'ils aient à souffrir un combat intérieur par*
*l'effet de ma présence ;* combat d'autant plus pénible qu'ils
pourroient présumer alors que je serois instruit de leurs
BASSES INTRIGUES contre quelqu'un que peut-être ils
savent, non seulement incapable de se servir contre eux
de leurs propres armes, mais encore incapable de ne pas
même saisir la plus légère occasion de leur être utile par
tous les moyens qui peuvent être à ma disposition. Vous
les connoîtrez, dites-vous : pourquoi me forceriez-vous de
les connoître? ce seroit me forcer malgré moi de les DÉ-
VOILER. Alors je me reprocherois presqu'à moi-même
d'être l'auteur qu'ils aient perpétuellement à rougir
dans le public d'avoir employé des moyens aussi secrets
que perfides ; je me reprocherois peut-être encore d'avoir
été, sans le savoir, la cause qu'ils se soient trompés, en
croyant, par ma facilité (qu'ils ont pu juger comme
foiblesse), que je me laisserois écraser par les premiers
pygmées, par les premiers venus, qui, se faisant contre
moi les armes les plus fortes de l'amour même que je
porte au calme, à la paix, à la tranquillité, n'eussent
point prévu que ce seroit eux-mêmes qu'ils écraseroient
par leurs propres manœuvres.

Je ne veux point qu'on me les fasse connoître, et je
desire d'autant plus qu'on m'épargne la douleur pénible
de me les faire toucher du doigt, que peut-être dans le
nombre il s'en trouveroit malheureusement quelques-uns
qui, dans certaines occasions plus importantes pour eux
qu'ils ne peuvent le penser, avoient osé projeter de rompre
le *fil* PRÉTENDU auquel ils croyoient que je tenois seule-

ment; tandis que moi-même éprouvant le sentiment
douloureux de les voir dépendre d'un fil infiniment plus
frêle que celui auquel ils me supposoient foiblement
tenir, j'ai pu employer en leur faveur, non la *foiblesse*
qu'ils me prêtoient dans leur espoir de m'écraser, mais
toute la vigueur, la véhémence et le feu nécessaire pour
les rattacher par des CABLES que me suggéroit l'amour
des arts et de l'humanité. Non, mon ami, ne cherchez
point à les découvrir; ils auroient trop d'embarras d'être
obligés de me marquer de l'amitié (j'allois dire peut-être
même de la reconnoissance....), tandis que leurs cœurs
leur crieroient intérieurement : Vous êtes découverts ! il
sait que vous mentez ! il ne peut plus, sans lâcheté,
continuer de vous estimer. Je veux encore leur accorder
ce que les bienséances me commandent, tant que je vou-
drai tout ignorer, et leur abandonner le temps de donner
une autre direction à leurs projets.

Ce sont de ces sortes de gens, mon ami, qui, pour
s'appuyer de grands noms, disoient : « Palissot, qui est
du jury de l'Opéra, n'estime nullement *la Mort d'Adam* » :
et j'avois vu *Palissot* n'en pouvoir entendre la lecture
sans étouffer de sanglots. Combien d'autres gens de lettres
les plus distingués ont déja payé ce tribut irrécusable au
*sujet* que vous avez choisi ! Ce sont ces mêmes gens, qui,
dans l'espoir de me décourager sur le *poëme*, comme on
cherche à vous décourager sur la musique, qui, dans
l'espoir, disons-nous, de nous faire renoncer à cet *opéra*,
et de nous en faire abandonner les répétitions, osoient
me dire : « Telle personne importante dans le gouver-

G 4

nement, et qui est très-influente au théâtre des Arts, ne peut souffrir le poëme de *la Mort d'Adam* » : et je sortois, il n'y avoit pas quatre jours, de lire votre ouvrage à cette même personne, qui, du commencement à la fin, lui avoit accordé des larmes aussi abondantes que celles de *Palissot.*

*Quelle aigre rivalité*, me dites-vous, *voudroit donc régner dans le monde musical ? C'est dans le moment même où vous vous disposez à faire monter enfin l'un de vos quatre ouvrages prêts depuis cinq ou six ans, qu'on renouvelle tous les genres d'efforts pour vous écarter de nouveau. C'est dans ce moment même qu'on entend dire de tous côtés que d'enluminés partisans de l'un de vos rivaux, qu'ils ne croient pas encore assez partagés,* publient ( *à voix sourde néanmoins ) qu'il est affreux aussi qu'on veuille mettre votre musicien à côté de nos bons compositeurs actuels....* Cette prétention, dites-vous, *leur semble si ridicule, que notre opéra, fût-il bon, tombera, selon eux, par la chaleur même qu'y mettent les partisans de votre musicien ?....* Ne prêtez nulle foi à ces vains bruits, mon ami ! ils viennent de la part de gens qui voudroient diviser les compositeurs entre eux.... Ils n'en viendront point à bout. Quant à moi, je ne crois point à ce vain propos.

Loin de vous arrêter aux critiques répandues sur votre *poëme*, préférez d'employer à des travaux qui ont déja été agréables au public le temps que vous passeriez à riposter à des adversaires que *vous aurez découverts.* On prétend, dit-on, qu'on n'accoutumera point les specta-

teurs aux pensées, aux mœurs de votre ouvrage ? — Eh !
mon ami, parce que quelques idées, neuves peut-être à
certains égards chez nous, mais bien connues, bien
senties par les sublimes écrivains de l'antique Asie ( et
certes ce n'étoit point de foibles poëtes que ces prophètes
hébreux ) ; parce que quelques idées neuves, disons-nous,
heurtent peut-être, en quelque sorte, d'autres idées adop-
tées par quelques hommes, vous amènent déja des attaques et multiplient pour vous les contradictions : iriez-
vous vous y arrêter, vous en affecter, et peut-être y
répondre ? N'employez point, croyez-moi, vos loisirs à
un genre d'escrime auquel vous ne devez point vous
sentir ni aguerri par l'usage, ni porté par caractère. Les
cris, mon ami, qui, dans ce cas, se font le plus entendre, et les erreurs alors, qui, dans les arts, sont le
plus hardiment prononcées, sont, aux yeux de bien des
gens, souvent les seules et quelquefois les meilleurs raisons : c'est finalement un métier, qui, dégénérant ordinairement en insulte, exige, ou trop d'apathie pour les
souffrir, ou trop de grossièreté pour les repousser. Ne
vous en occupez donc point ; ne sachez même pas ce
qu'on se plaît à dire si légèrement sur le sujet de
*Klopstorc* que vous avez choisi.

D'ailleurs ne prenez point sur votre seul compte d'a-
mers discours que votre poëme ne peut motiver ; ou si
vous vous contentez de ne vous attribuer que la moitié
des jugemens prématurés et défavorables, prenez donc
aussi, je vous en conjure, la moitié du courage et de la
constance qui nous sont indispensables ; partagez les soins

que je me propose de mettre aux répétitions; continuez
de poursuivre la mise de votre ouvrage : et vous serez,
je vous le jure, bien secondé, et par l'administration,
et par les artistes du théâtre des Arts.

Croyez-moi, mon ami, ne soyez pas plus inquiet sur
le GENRE de votre ouvrage que le grand Opéra ne l'est
lui-même : sa sécurité là-dessus doit assurer la vôtre. Il
n'est pas vrai que *le public verra avec peine et dédain le*
*sujet de la Mort d'Adam*. Les hommes ont été sensibles ,
ils le sont, et le seront toujours : toujours ils aimeront
à revoir la *primitive nature*, ne seroit-ce qu'en tableau.
La belle tragédie de *la Mort d'Abel* a dû vous le prouver
beaucoup mieux que tout ce que je pourrois vous dire
à cet égard. L'Adam de *Klopstorc* est regardé comme
ce qu'il y a de plus imposant dans la littérature allemande; il y eut un succès prodigieux. Votre *Mort d'Adam*
développe les mêmes caractères, peint les mêmes mœurs,
a la même coupe, suit la même marche; et c'est ( au
jugement des gens de goût) votre meilleur ouvrage. Si
le sujet de *la Mort d'Adam* a fait verser tant de larmes à
tous les peuples du Nord, comment, à Paris, n'en feroit-il
point verser aux sensibles Français? Espérons !....

Les hommes, mon ami , palpitent encore à l'im-
-pression de la jeunesse des mœurs du premier âge. Que
vos détracteurs ( par contre-coup, car vous avez dû
l'apercevoir dans le corps de ma lettre ), que vos détracteurs, dis-je, ne croient pas que plus un siècle est
éloigné de ces *natives habitudes* , et plus il rejette le
tableau qu'on lui en retrace. Il faut, ce me semble,

en tirer la conséquence toute contraire. Qu'un voyageur sensible ( et celui qui se feroit gloire de se dire
insensible seroit bien vîte, à la première occasion, dé-
menti par son propre cœur ), qu'un voyageur sensible,
disons-nous, se trouve transporté dans les terres du pôle
antarctique ; qu'il y soit même tout accoutumé à des
mœurs absolument opposées à celles de son enfance,
tandis qu'un père tendre et révéré, qu'une mère chérie,
qu'une famille dont il étoit aimé conservent vers le pôle
arctique ( d'où il est venu ) leurs mœurs patriarcales,
leurs habitudes de l'âge d'or : croyez-vous, mon ami,
que le cœur de cet homme ne se tournera pas souvent
vers sa patrie, comme la boussole vers le même point
du monde ? Croyez-vous qu'il ne fera point souvent en
idée des milliers de lieues ? Croyez-vous que son ame
ne s'élancera point souvent vers sa patrie ? Croyez-vous
qu'il ne se rappellera point avec transport la tendresse
d'un père adoré et les soins passés d'une mère tendre
qu'il ne retrouvera peut-être plus, et dont le souvenir
doux se lie avec celui des vertus qui eussent fait son
bonheur, avec celui de cette richesse morale qu'il a
perdue EN S'EN ÉLOIGNANT.

*Votre opéra d'Adam n'est point dans nos mœurs*, VOUS
DIT-ON, *et par conséquent ne plaira point.* Mais cet ON
DIT veut-il parler d'une comédie peignant nos *habitudes*,
ou d'une tragédie peignant les primitifs et universels
sentimens de la nature ?..... Or, s'il parle d'une tragédie de ce genre, répondez à cet ON DIT qu'il ne s'agit
point de savoir si l'action de votre opéra est dans nos

*habitudes*, mais si elle est à la fois *bien contraire à nos mœurs* et *dans une nature vierge et primitive;* car ce doit être là son but, et c'est seulement alors qu'elle pourra transformer, pour ainsi dire, le spectateur en la personne même de ce voyageur sensible dont je viens de vous parler, et qui, après avoir été long-temps éloigné de sa patrie, et par conséquent des mœurs douces et pures de ses parens, revoit enfin sa terre natale, sa forêt, sa montagne, le ruisseau qui le désaltéroit, l'arbre antique qui autrefois l'a si souvent ombragé, et la chaumière paternelle dont la douce vue réveille promptement en lui les plus chères sensations de son enfance. C'est à l'aspect de ce toit qui lui rappelle son vieux père et les tendresses d'une mère adorée, que son cœur ému ( à mesure que ses pas tremblans l'approchent du seuil révéré ), que son cœur ému, disons-nous, se gonfle, que sa gorge s'enfle, que ses yeux roulent dans de douces larmes..... Il ne donneroit pas ce demi-quart d'heure de jouissance pour toutes celles qu'il a rencontrées dans les pays lointains où son éducation l'a jeté..... Il voudroit que cet instant durât toute sa vie..... Le souvenir lui en sera toujours cher. Je vous laisse le soin de l'application. Combien je les trouve touchantes, mon ami, toutes ces situations du sujet de *Klopstorc,* que vous avez si bien rendues dans votre *Mort d'Adam,* et qui ressemblent si fort à celles que j'essaie de vous décrire. Et croyez-vous que le public, croyez-vous que les gens de lettres, croyez-vous que les artistes les rejeteront ?..... Non, mon ami ( j'ose vous l'augurer ), j'en ai pour *garant la* nature : et qui la sent mieux qu'eux, qui la sent mieux que ceux qui seront vos juges ?

Que vous redoutiez ce tribunal, je ne m'en étonne point ; je le crains autant que vous : mais que l'auteur d'*Iphigénie en Tauride* et d'*OEdipe à Colone* n'ose plus paroître dans l'arène, sur-tout avec le chef-d'œuvre de *Klopstorc*, parce qu'on l'effraie à tort sur ce sujet, je m'en étonne. Il seroit par trop malheureux que dans les lettres et dans les arts on en fût réduit au point d'être sans cesse contraint de s'effrayer sur la prétendue *hardiesse imprudente* d'y montrer quelques idées peut - être neuves. . . . . Pourquoi ces craintes, mon ami ? Je sais bien que l'intrigue et les manœuvres se sont formées très-souvent contre nos gens de lettres vivans, contre nos bons poëtes, nos meilleurs peintres, nos savans même ; je vois aussi qu'elles n'ont point oublié nos architectes les meilleurs ; qu'elles se sont souvent dirigées de même contre nos meilleurs poëtes lyriques, contre nos bons acteurs, contre plusieurs de nos musiciens, et généralement contre nos gens de lettres ou artistes qui se distinguoient par quelques côtés, soit dans les sciences ou les lettres, soit dans les arts : mais je ne vois pas cependant que ces *basses intrigues* en soient venues au point de se rendre maîtresses de l'opinion publique, et de faire perdre, malgré leurs cris réitérés, un seul *point* de la réputation de ces hommes distingués chacun dans leur genre. Je ne vois pas qu'elles soient venues à bout de faire punir nos gens de lettres vivans et nos bons

poëtes de leurs brillans succès ; je ne vois pas que nos
grands peintres, justement parce qu'ils produisent des
ouvrages dignes d'un public éclairé, éprouvent de si
grandes difficultés pour ne point laisser ternir leur
gloire : ils n'ont pas même besoin de se charger du soin
de tout faire pour conserver leur grande réputation ; le
public, reconnoissant du plaisir qu'ils lui procurent, s'en
charge pour eux, et les paie avec usure en leur consér-
vant dans l'opinion générale le rang où leur mérite les
a placés, malgré les intrigues sans nombre employées
contre eux. Je ne vois pas non plus que nos compositeurs ne jouissent pas au moins de leur réputation ; et
parce qu'il y en a parmi eux qui ont eu et qui ont
encore tous les jours, dans leurs nouvelles musiques, des
pensées grandes, des conceptions neuves, des idées mères
et hardies, avez-vous vu le public se laisser prendre à
des manœuvres employées contre leurs succès ? — Non,
ce même public leur rend justice, il reconnoît leur
talent, et sait parfaitement mettre chacun à sa place.
Soyez sûr qu'il ne vous mettra point à la dernière, en
vous punissant d'avoir fait tous vos efforts pour le faire
jouir du beau sujet de *Klopstorc*.

Si par l'effet de toutes ces machinations adroites et
raffinées, votre magnifique *sujet*, si bien imité du poëte
allemand, venoit à tomber aux représentations premières, il ne tomberoit pas dans l'opinion des gens de
lettres, ni des artistes, ni dans celle de cette saine partie
du public qui ne seroit venue au spectacle qu'avec la
seule intention d'y prendre plaisir. Il seroit repris, soit

dans une époque, soit dans une autre ; il finiroit par se faire jour.

Je suis, etc.

LE SUEUR.

www.ingramcontent.com/pod-product-compliance
Lightning Source LLC
Chambersburg PA
CBHW051928280626
47162CB00025B/1672